MUR ET MECHAMMENT CANON

L'élite de Boston

Tess Summers

I0589753

Date de publication : 2021

Date de traduction : 2022

ISBN: 978-0-9994319-4-8

Copyright © 2021, Tess Summers

Traduit de l'anglais par Sylvain Mark

Traduction révisée par Elle Debeauvais

Ceci est une œuvre de fiction. Les personnages, événements et dialogues qui y sont décrits proviennent de l'imagination de l'auteure et ne sauraient être inspirés de faits réels. Toute ressemblance avec des événements historiques ou des personnes existantes ou ayant existé est purement fortuite.

Ce livre est destiné à un public averti. Il contient des scènes de sexe explicites et un langage cru qui pourrait choquer certaines personnes.

Tous les personnages se livrant à une quelconque activité sexuelle sont âgés d'au moins dix-huit ans.

REMARQUE DE L'AUTEURE :

Mûr et Méchamment Canon fut d'abord publié aux côtés d'autres œuvres dans l'anthologie anglophone *Dirty Daddies 2021*.

SYNOPSIS

Tout commença quand une photo coquine arriva dans ses messages...

C'est vrai, les intentions du Dr. Parker Preston relevaient davantage du désir que du professionnalisme quand il donna son numéro à Alexandra Collins durant le gala en l'honneur du sauvetage des animaux. Mais jamais il n'avait imaginé que cette blonde à la mèche bleue, dont l'insolence n'égalait que la beauté, lui enverrait une photo de sa ravissante poitrine afin de l'encourager à adopter les chiens pour lesquels elle cherchait désespérément un nouveau foyer.

Et si, malgré tout, cela ne suffisait pas pour le motiver, elle avait une autre corde à son arc. Après l'adoption, elle devrait vivre avec la nouvelle famille pendant un mois pour s'assurer que tout se passe au mieux. Bien entendu, elle ne dormirait pas sur le canapé.

En revanche, tout cela ne durerait qu'un mois. Et elle lui avait clairement fait comprendre qu'il ne serait nullement question d'amour, chose qu'il avait acceptée sans aucune hésitation. Le cadre, les règles, tout avait été défini. Qu'est-ce qui pourrait mal tourner pendant ces quatre petites semaines ?

Table of Contents

MUR ET MECHAMMENT CANON

PROLOGUE

Parker

Le Dr. Parker Preston avait grand besoin de s'envoyer en l'air – et c'était loin d'être une mince affaire. Il était un bel homme dans la quarantaine avec un salaire annuel à six chiffres et passait le plus clair de son temps à sauver des vies ; un tel homme ne devrait avoir aucune difficulté à trouver une femme, n'est-ce pas ?

Mais l'on oubliait facilement que l'homme en question était un bourreau de travail et que les seules femmes avec lesquelles il passait du temps étaient ses subordonnées. Il avait beau être excité comme un étalon avant la saillie, le jeu n'en valait pas la chandelle. Il s'était en effet beaucoup trop investi afin de devenir chef du personnel pour tout perdre à cause d'une plainte pour harcèlement sexuel. En connaissant ses fantasmes, il n'y échapperait pas.

Le seul vrai collègue de Parker était le directeur de l'hôpital, Liam McDonnell. Il n'était pas vraiment à son goût, puisqu'il lui préférait des personnes plus douces, plus soumises... et avec une bonne chatte bien mouillée. Tout ce dont Liam manquait cruellement.

Il ne put s'empêcher de sourire à la simple pensée de pénétrer profondément une femme, mais la rêverie fut de courte durée alors qu'un coup sur la porte, accompagné d'une voix grave, mit fin à sa petite sauterie imaginaire.

« Chef - »

Il avait dû froncer les sourcils en le voyant car Steven Ericson, le directeur du service des urgences, ajouta : « Désolé de vous déranger.

- Vous ne me dérangez pas. Asseyez-vous. »

Parker rendait beaucoup de services à Steven. Le jeune docteur venait tout juste d'intégrer sa sœur au Boston General. Il s'agissait d'une ingénieure talentueuse de San Diego qui avait travaillé sur des brevets concernant des prothèses révolutionnaires, et les hôpitaux du monde entier la voulait. L'avoir au sein de son équipe avait été un atout formidable dans la manche de Parker. Il avait une dette envers Steven – et ce dernier le savait très bien. Parker s'attendait à ce qu'il en tire pleinement avantage. Il aurait fait la même chose.

« Que puis-je faire pour vous ?

- J'aurais besoin que l'hôpital réserve une table pour dix en vue du bal de bienfaisance organisé par l'Animal Rescue Foundation à la fin du mois.

- Combien ?

- Mille cinq cents. »

Parker pencha la tête. « Vous auriez pu vous adresser à Ginny aux services des Relations Publiques pour un si petit montant.

- Eh bien, je voulais que vous et le reste du *gratin* viennent.

- Pourquoi ? »

Le jeune docteur haussa les épaules. « Il s'agit d'une cause qui me tient à cœur, et la présence de gens haut-placés décidera la presse à couvrir l'événement. »

Il y avait autre chose, Parker en était persuadé, mais il ne fit mine de rien et demanda simplement : « Je suppose que vous voulez faire partie de cette table ?

- Non, j'ai déjà réservé la mienne. Elle est remplie. »

Parker savait qu'il n'aurait aucun mal à remplir la sienne. Sa secrétaire, Helen, passerait quelques coups de fils et tous se jetteraient sur l'occasion d'être assis à ses côtés pendant quelques heures. Il devrait aussi s'assurer que ces invités ne soient pas trop barbants.

« Très bien. Vous aurez simplement à informer Helen des détails pour qu'elle puisse préparer mon emploi du temps et gérer les invitations. »

Steven se leva en souriant et tendit la main.

« Merci, chef.

- Si vous avez besoin d'autre chose, n'hésitez pas, Dr Ericson. »

Le jeune homme arborait un sourire digne de celui d'un modèle faisant la une des magazines. « Je sais. »

Parker ne put s'empêcher de lui retourner son sourire. Ce petit con lui rappelait l'homme qu'il avait été quinze ans auparavant : brillant, arrogant et prêt à conquérir le monde...

enfin, le petit monde qu'il avait eu à sa disposition, à vrai dire. Mais le succès n'avait pas été pas sans sacrifices. Sa frustration et sa bite au bord de l'implosion le lui rappelaient tous les jours.

Peut-être pourrait-il se rendre à une conférence en dehors de la ville dans les prochaines semaines. Il devait s'occuper des démangeaisons qui troublaient son entrejambe, et sa main avait d'ores et déjà trouvé ses limites.

CHAPITRE UN

Xandra

La voix de Randy, son assistante, grésilla dans son oreillette. « Xan, les Johnson viennent d'arriver. Est-ce que tu as décidé où tu voulais mettre les chiens ? »

Elle soupira et inspecta la salle de balle qui se remplissait de monde, tous sur leur trente-et-un ; les femmes exhibant des robes de créateur hors de prix et les hommes vêtus de smokings étincelants. Voir un chien s'échapper et sauter sur quelqu'un était la dernière chose dont elle avait besoin. Et transporter les chiens depuis le van jusqu'à la scène représentait un effort pratiquement surhumain. Heureusement, de nombreux bénévoles étaient présents pour l'aider.

« Demande-leur de se garer à l'arrière et vas les accueillir. Fais en sorte que les bénévoles les emmènent par la porte de service. »

Chaque bénévole s'était engagé à accompagner son chien favori dans l'espoir de le voir adopté – ou qu'un don à la fondation soit réalisé au nom de l'animal.

Xandra espérait de tout cœur que Maggie et Gus trouveraient un nouveau foyer ce soir-là. Le vieux couple de labradors avait eu du mal à séduire car les deux chiens ne pouvaient être séparés et ils étaient relativement vieux.

Elle les aurait bien accueillis chez elle, mais elle avait déjà dépassé la limite autorisée en termes d'animaux de compagnie. Son propriétaire avait fermé les yeux jusqu'ici, mais elle avait conscience de jouer avec le feu. Ramener deux chiens de plus – surtout des chiens d'un tel gabarit – signerait la fin de son contrat de location. Mais elle avait un bon pressentiment concernant cette soirée. Le nouveau maître de Gus et Maggie se trouverait dans cette salle.

Tout en prenant une grande inspiration, elle inspecta la salle de bal une fois de plus afin de s'assurer que tout se déroulait sans accroc. Les tables étaient magnifiques, la zone dédiée aux enchères silencieuses semblait attirer un bon nombre de convives et la queue devant l'accueil n'était pas trop longue.

Elle s'arrêta sur l'homme mûr qui attendait à l'accueil. Même de loin, elle put voir qu'il respirait la confiance en lui ; la main plongée dans une des poches de son pantalon, il riait à propos de ce que lui disait un homme brun à ses côtés. Il avait les yeux bleus, un regard perçant, un nez bien défini et des lèvres appétissantes – bref, un vrai canon. Elle ne fréquentait habituellement que les hommes de son âge mais, pour lui, elle ferait une exception.

Il dut sentir son regard – ou plutôt, ses yeux de merlan frit – car il leva la tête et ses yeux rencontrèrent les siens. Elle avait entendu parler des coups de foudre, bien sûr, mais l'idée même lui avait toujours semblé être une connerie sans nom. Néanmoins, les papillons qui prenaient possession de son estomac la forcèrent à se remettre en question. Il n'était peut-être pas question de coup de foudre, mais indubitablement de désir charnel.

Le petit sourire qui se dessina sur son visage alors qu'il la regardait lui suggéra qu'elle n'était pas la seule à ressentir quelque chose.

« Xandra, on a un problème, » dit la voix de Randy dans son oreillette.

****

Parker

Sa queue était à l'affût et le suppliait de scruter la salle de bal toutes les deux minutes à la recherche de la petite lutine blonde à la mèche bleue. Il savait qu'elle organisait l'événement dans une certaine mesure – elle portait une oreillette. Il ne savait pas précisément ce qu'elle faisait – il ne l'avait pas revue – mais il allait bientôt le découvrir.

Il était entré avec Liam et tous deux s'étaient accoudés au bar, attendant qu'on les approche. C'était bien plus simple qu'essayer de circuler à travers la foule.

Une femme brune vêtue d'une robe rouge vif attira son attention. Elle ne lui plaisait pas tant que ça, mais le cocker anglais qui se trouvait à l'autre bout de la laisse qu'elle tenait ressemblait comme deux gouttes d'eau à Gertie – un chien qu'il avait eu quand il était enfant.

La brune faisait le tour de la salle et s'arrêtait pour laisser les gens caresser le chien tout en faisant sa promotion. Parker ne put s'empêcher de s'agenouiller pour gratter les oreilles soyeuses de l'animal quand elle s'approcha d'eux.

« Phoebe cherche un nouveau foyer- » commença-t-elle.

Il se releva en souriant et fit non de la tête. « Je travaille quatorze heures par jour, six jours par semaine. Un chien n'a pas sa place dans ma vie. »

Malgré ses paroles, il dut reconnaître avoir aimé la présence d'un animal de compagnie pendant son enfance et l'amour inconditionnel que lui avait porté son chien lui manquait.

« Je comprends parfaitement. Peut-être souhaiteriez-vous sponsoriser son adoption ? » Elle lui donna une brochure.

Il retourna la brochure luisante et jeta un œil à l'adresse et au numéro de téléphone de la fondation qui étaient inscrits au dos.

« Peut-être.

- Si le cœur vous en dit, vous n'aurez qu'à consulter les trésoriers. Ils vous aideront avec tous les dons que vous désirerez effectuer. »

Il respectait sa démarche. Elle était insistante, mais pour une bonne cause. Il pourrait peut-être l'engager pour la prochaine collecte de fonds en faveur de l'hôpital.

« J'attendrai de voir si je gagne quelque chose durant les enchères, comme ça je paierai tout d'un coup, expliqua-t-il en souriant poliment.

- Je vous souhaite bonne chance ! » dit-elle avant de tirer légèrement sur la laisse pour indiquer à Phoebe qu'il était temps de partir.

« Si elle faisait partie du lot, je pourrais me laisser tenter, » dit Liam en rigolant avant de boire une gorgée de bourbon tout en admirant le derrière de la jolie brune. Il l'avait trouvée séduisante mais, pour le moment, Parker n'avait d'yeux que pour la belle lutine à la mèche bleue.

« Facile à dire quand madame n'est plus dans les parages. »

Le directeur de l'hôpital soupira. « Ouais, je sais. Question timing, je suis le champion – ce qui explique pourquoi je ne me suis pas envoyé en l'air depuis des mois.

- Bienvenue au club.

- Je me demande parfois si je n'arrive pas à avoir de relations longues parce que je travaille trop ou, à l'inverse, si je travaille trop parce que je n'arrive pas à avoir de relations longues.

- Il y a un moyen de tirer ça au clair, tu sais, » taquina Parker. En ce qui le concernait, cependant, il travaillait réellement trop. Les femmes appréciaient les avantages que lui conférait sa position mais elles ne supportaient pas ses horaires – et sa nomination en tant que chef du personnel n'avait rien arrangé.

« Tu sais quoi ? T'as raison » déclara Liam en finissant son verre cul-sec avant de le reposer sur le bar. La détermination se lisait sur son visage.

« Souhaite-moi bonne chance, » dit-il avant de se diriger vers la jolie brune et son chien.

Parker sourit. *Il va finir par adopter le chien uniquement dans l'espoir de la baiser.*

Il sortit la carte qui indiquait son numéro de table de sa poche et son regard se perdit à travers l'immense jungle de tables rondes qui se trouvait devant lui. Trouver sa place n'allait pas être un jeu d'enfant.

Et alors qu'il entrait dans la salle de bal, examinant les numéros des tables, il bouscula quelqu'un.

« Veuillez m'excuser- » dit-il sans vraiment réfléchir avant de se redresser complètement. Il s'agissait de sa petite lutine.

« Ah, bonjour.

- Bonjour, répondit-elle d'un air charmeur avant de remarquer la carte qu'il tenait dans les mains, avez-vous besoin d'aide pour trouver votre table ?

- On ne peut rien vous cacher... »

Elle enveloppa son bras autour du sien et pressa ses nichons bien fermes contre son biceps. « Eh bien, c'est votre jour de chance. Il se trouve que je sais exactement où se situe la table 36. »

Sentir son corps contre le sien plut *énormément* à sa bite et il ne put ignorer l'odeur florale qui flottait autour d'elle. Parker la regarda de plus près. Elle était vraiment adorable. La robe couleur olive qu'elle portait allait parfaitement avec ses yeux couleur noisette, et elle n'avait pas de talons – ce qui la faisait paraître encore plus petite aux côtés de sa carrure d'un mètre quatre-vingts. « On dirait que c'est bel et bien mon jour de chance. »

Elle détourna timidement le regard tout en cachant un léger sourire. Il avait le sentiment qu'elle ferait une parfaite soumise.

« Nous y voilà. » déclara-t-elle en lui lâchant le bras. La chaleur de son corps commençait déjà à lui manquer.

« Merci... » Il regarda son badge. « Xan ? »

- C'est le diminutif de Xanadu. »

Xanadu ? Sérieusement ?

Il ne fit néanmoins aucune remarque et se contenta de lui demander : « Resterez-vous par ici durant la soirée, Xanadu ? »

Un large sourire se dessina sur son visage et elle éclata de rire. « C'est le diminutif d'Alexandra. Je voulais juste vous casser un peu les couilles, *Docteur* Preston. »

La façon dont elle avait mis l'accent sur *docteur* lui fit comprendre qu'elle se fichait pas mal de sa profession. Il appréciait également qu'on veuille lui casser les couilles. Personne ne les avait touchées depuis bien longtemps.

« Hé, ce n'est pas ma faute. J'ai pris le badge qu'on a bien voulu me donner. Si ça n'avait tenu qu'à moi, j'aurais simplement écrit *Parker*. »

Un air de malice pouvait se lire sur son visage. « C'est bon à savoir. Je craignais que vous ayez quelque chose à compenser. »

Il pencha la tête. « C'est-à-dire ?

- Euh... eh bien, je... »

Il l'interrompit en esquissant un sourire en coin et en se penchant assez prêt d'elle pour murmurer à son oreille : « Ne t'inquiète pas, chérie. J'ai tout ce qu'il faut là où il faut. »

Au lieu d'avoir le souffle coupé face à ses sous-entendus, comme il l'avait espéré, elle leva les yeux au ciel. « Si tu le dis. »

Il redressa les épaules. « Personne ne s'en est jamais plaint. »

Elle mordit sa lèvre inférieure tout en dévorant son entrejambe du regard. « Il va falloir me le prouver, Doc »

Baise-moi.

Sa bite se réveilla instantanément mais avant qu'il n'ait pu demander où et quand, elle tourna les talons et s'en alla.

CHAPITRE DEUX

Xandra

« Louise Braniff a enfin appelé. Elle a eu un accrochage sur la route et elle a dû aller aux urgences. »

Louise, la bénévole qui devait promener Maggie et Gus durant l'événement, n'avait pas répondu à l'appel et on avait donc dû garder les chiens dans une niche en attendant qu'elle arrive. La pauvre n'allait apparemment pas venir de sitôt.

Xandra laissa échapper un long soupir qui réussit à ébouriffer sa frange. Si les deux labradors avaient bien une chance d'être adoptés, c'était ce soir ou jamais – et ce n'était pas en restant dans les coulisses qu'ils allaient séduire qui que ce soit.

« D'accord, je vais les promener. »

Et, évidemment, elle ne se gênerait pas pour faire un détour par la table 36 – pas après avoir vu ce que le docteur avait à offrir, oh que non.

« Allez, mes charmantes boules de poils, dit-elle aux labradors alors qu'elle attachait leurs laisses. On va vous trouver de nouveaux parents. »

Quant à elle, elle connaissait déjà un docteur qu'elle n'aurait aucun mal à appeler *Papa*.

Ce beau docteur n'avait pas eu froid aux yeux pendant leur petit jeu de séduction et elle était curieuse de savoir s'il était plus qu'un beau parleur. Il ne portait pas d'alliance et sa peau ne semblait pas indiquer qu'il en avait enlevé une récemment, mais certains hommes n'avaient aucune parole. Tout dans les mots, rien dans le pantalon.

La table de Parker était remplie à présent, plus aucune chaise n'était disponible. Ces gens n'étaient pas n'importe qui – elle en était certaine, vu l'emplacement qu'on leur avait accordé. Son patron avait fait attention à positionner le gratin de Boston devant et au milieu de la salle, afin que tout le monde puisse les voir.

« Dr. Preston, ronronna-t-elle en approchant de la table 36, j'aimerais vous présenter, à vous et à vos amis, Gus et Maggie. Leur ancien propriétaire a été contraint de partir vivre en maison de retraite et ils sont maintenant à la recherche d'un nouveau foyer. Je pourrais vous parler d'eux pendant des heures. Ils sont gentils, calmes, bien dressés ; des chiens parfaits au sein d'une famille. » Elle regarda Parker dans les yeux et plaça sa main libre sur le dossier de sa chaise, lui caressant négligemment l'épaule tout en se rapprochant afin qu'il puisse contempler sa poitrine sans fournir le moindre effort.

« Ils feront également la joie d'une personne célibataire. »

Son regard quitta ses nichons pour se concentrer sur son visage. « Et si cette personne n'a aucun temps libre ? » Encore une fois, elle lui caressa le bras.

« Heureusement, ils peuvent se tenir compagnie. Installez-leur une petite porte, trouvez quelqu'un pour les promener et assurez-vous qu'ils soient nourris deux fois par jour. Ils seront aux anges, croyez-moi. Ils ont simplement besoin d'un endroit confortable où dormir. Le refuge ne pourra bientôt plus les accueillir. »

Les gens assis autour de la table murmurèrent regretter de ne pas pouvoir adopter de chiens et commencèrent à se justifier. Xan sourit et leur répondit : « Vous pouvez toujours devenir des sponsors, si vous le souhaitez. Je serais ravie de vous apporter des formulaires d'adhésion. »

L'homme mûr se pencha pour caresser la tête de Maggie et en profita pour effleurer le sein gauche de Xandra. Il lui fit un clin d'œil et tendit sa carte, sur laquelle était inscrit son numéro de téléphone. « Oui, amenez-nous les formulaires. Nous allons y réfléchir. »

Elle examina la carte qu'il venait de lui donner et sourit. « Vous pouvez compter sur moi. »

Et elle se dirigea ensuite vers les coulisses pour laisser Maggie et Gus se reposer dans leur niche quatre étoiles. Elle se mit ensuite rapidement à la recherche d'un endroit plus intime.

****

Parker

Il sentit son téléphone vibrer à l'intérieur de sa veste. Il venait de recevoir un message d'un numéro inconnu mais son cœur battit la chamade à la simple pensée qu'il provenait d'Alexandra – il venait juste de lui donner son numéro, après tout.

Parker faillit tomber de sa chaise lorsqu'il consulta le message et il s'assura ensuite que personne autour de lui ne le regardait.

Sur son écran se trouvait la plus belle paire de loches qu'il avait jamais vue, suivie du message : **Un petit quelque chose pour t'aider à 'réfléchir'.**

Cette fille... il en était peut-être bien tombé amoureux. Elle était incroyablement bonne et ne manquait pas de répondant. Pourtant, malgré son insolence, Parker *savait* qu'elle se soumettrait à lui. Il y avait un je-ne-sais-quoi dans son regard qui l'avait tout de suite attiré. Il ferait d'elle tout ce qu'il voudrait.

Il regarda à nouveau son téléphone - la bite au garde-à-vous, prête à l'action - puis répondit.

Est-ce que tu peux t'occuper de ma donation en personne ? Tout de suite ?

La réponse ne se fit pas attendre.

Alexandra : Il se trouve que je suis toute seule dans la réserve, au fond des coulisses. Ce serait parfait.

« Je vous prie de m'excuser, dit-il à ses invités en souriant alors qu'il se levait, j'ai un coup de fil à passer. »

CHAPITRE TROIS

Xandra

Elle était dos à la porte et penchée au-dessus d'une table, le cul bien en évidence – elle faisait bien sûr semblant de consulter la liste des gens participant aux enchères. Après n'avoir reçu aucune réponse à son dernier message, elle avait décidé de lui laisser exactement cinq minutes pour la trouver, faute de quoi elle allait devoir retourner à ses obligations.

Elle n'eut pas à attendre plus de deux minutes avant d'entendre la porte de la réserve se refermer, suivit du bruit du loquet et d'une voix grave. « Suis-je au bon endroit pour effectuer ma donation ? »

Xandra regarda par-dessus son épaule et sourit. Elle écarta les jambes de manière assez suggestive en remuant les hanches.

« Tout à fait. Quel genre de donation aviez-vous en tête, Dr. Preston ? »

Il était désormais derrière elle, une main se baladant sur la peau nue d'une de ses cuisses.

« Une donation très conséquente. » dit-il d'une voix rauque tout en relevant sa robe jusqu'à la taille avec sa main libre, puis il grogna à son oreille : « J'espère que tu es consciente qu'envoyer des photos de ta jolie paire de nichons à des inconnus est le meilleur moyen de t'attirer des ennuis.

- Comment ça ? » chuchota-t-elle.

La main de Parker remonta sa cuisse pour atteindre son entrejambe et, à travers ses sous-vêtements, il passa un doigt entre ses lèvres. Alexandra savait que le tissu ne tarderait pas à être trempé. « Ils voudront te faire de vilaines choses.

- C'est peut-être le but. »

Parker tira sa culotte sur le côté et sépara ses lèvres à l'aide du pouce et de l'index en regardant les plis qui se formaient autour de sa chatte – des plis ruisselant de mouille, la jeune femme en était certaine.

« Si tu veux que j'arrête, dis-le. »

Elle resta silencieuse et sentit ses doigts glisser le long de sa vulve.

« Si tu veux que je continue, dis-le.

- Ouiiiiiiii, gémit-elle avant de sentir ses doigts plonger en elle.

- En voilà une petite chatte bien mouillée, murmura-t-il, déjà prête à accueillir ma queue. »

Eh bien ! bonjour mon cochon. Continue, parle-moi mal. S'il te plaît.

Le bassin de Xandra accompagna les mouvements de la main de Parker tandis que la sienne se décida à tâter la bosse de son pantalon.

« Est-ce que tu vas me baiser, Papa ?

- Peut-être. Tu crois que les vilaines filles qui aguichent des hommes mûrs méritent d'être baisées ? » Étant donné que ses doigts n'avaient cessé d'aller et venir en elle pendant son petit discours, elle connaissait déjà la réponse. Elle choisit tout de même de se prêter au jeu.

« Oui, elles méritent de se faire baiser comme des chiennes. S'il vous plaît, Monsieur. Je vous en supplie. Baisez-moi, s'il vous plaît – je suis une vilaine fille. »

Le son de la boucle de sa ceinture la rendit folle d'excitation. Elle fut pour le moins impressionnée de la manière dont il avait enlevé son pantalon d'un seule main tout en continuant à s'occuper d'elle de l'autre.

Enfin, il retira la main de sa chatte et elle se retourna pour voir ce qu'elle avait attendu toute la soirée : une grosse bite bien raide et appétissante.

Bouche bée, elle déclara : « Oh, Papa. J'ai envie de me mettre à genoux et de t'avaler tout cru, mais j'ai bien peur qu'on soit trop pressés pour ça. »

Il appuya sur ses épaules pour qu'elle se penche en avant, les coudes sur la table, avant d'enfiler un préservatif et de placer sa queue devant l'entrée de son corps enivrant. « Ce sera pour une prochaine fois, princesse. »

****

Parker

« Oh putain » grogna-t-il en s'enfonçant dans sa petite chatte. Il était mort et venait d'arriver au paradis, voilà tout, il n'y avait pas d'autre explication. Elle était tout simplement divine. Ou peut-être n'était-ce que parce qu'il ne s'était pas envoyé en l'air depuis longtemps.

Il plongea à nouveau en elle en lui agrippant les hanches et sentit la chaleur qui émanait du plus profond de ses entrailles. « Mon dieu, ta chatte est si serrée. Putain ! »

Elle gémit en guise de réponse. Il devait absolument ralentir s'il ne voulait pas tout lâcher en moins de trente secondes. Une telle performance ne lui aurait pas valu une deuxième partie de jambes en l'air avec elle.

Parker glissa sa main en dessous d'elle pour caresser son clitoris tout en lui susurrant des mots cochons à l'oreille.

« T'aimes qu'on s'occupe de ton clito ma vilaine fille. C'est ça que tu voulais quand tu m'as envoyé la photo de tes nichons ?

- Oui, Papa » gémit elle.

Il lui donna quelques fessées tout en jouant avec son petit bouton.

« Ma petite chienne. Me faire bander devant tous ces gens. Si on avait le temps, je t'attacherais et je baiserais ton petit cul... pour te punir. »

La respiration de la jeune femme s'intensifia et il gloussa à son oreille.

« T'aimes ça... vilaine fille. Est-ce que tu vas jouir pour moi, princesse ?

- Ouiiiii » dit-elle plaintivement.

Il s'arrêta brusquement.

« Supplie-moi, grogna-t-il.

- S'il te plaît, Papa, gémit-elle en caressant sa main, est-ce que je peux jouir s'il-te plaît ? »

Il donna deux tapes sur son clitoris et continua à le caresser.

« Jouis pour moi, Alexandra. »

Et comme il s'y attendait, elle jouit et gémit comme une bonne soumise, d'une manière très sexy en serrant sa bite, toujours nichée profondément en elle.

Parker n'attendit pas qu'elle se calme pour la prendre par les hanches et éclater sa chatte inondée par la mouille et l'excitation. Le son produit par la rencontre de sa peau contre la sienne remplit la petite pièce dans laquelle ils se trouvaient, et c'était sans compter sur leurs gémissements à tous les deux.

Il essaya tant bien que mal de rester silencieux ; quelqu'un aurait pu se tenir derrière la porte, après tout. Il avait tout de même une réputation à tenir en tant que chef du personnel d'un des hôpitaux les plus prestigieux au monde.

Mais... sa chatte lui allait vraiment comme un gant et il peina à contenir ses rugissements tandis qu'il se laissait aller profondément en elle. Il jouit si fort qu'il craignit que son préservatif déborde de sa semence.

Il se mit à lui masser les seins des deux mains et à l'embrasser dans le cou tout en murmurant : « Putain que c'était bon, princesse. »

C'était sans conteste la meilleure baise qu'il avait eue depuis très, très longtemps.

« Et le chèque, je le fais à quel ordre ? »

****

Xandra

Une véritable douche froide venait de s'abattre sur elle. Pensait-il vraiment qu'elle avait couché avec lui juste pour qu'il fasse un don ? Elle se doutait bien que cela avait pu être le message qu'elle avait véhiculé. Et, en toute honnêteté, ce petit jeu l'avait fortement excitée.

Mais le fait qu'il dise ça maintenant – la bite encore enfouie en son sein – l'avait soudainement fait se sentir très sale.

« Tu peux voir ça avec un des trésoriers » lui répondit-elle froidement alors qu'elle se libérait de son étreinte et de sa queue. Elle trouva ensuite un paquet de mouchoir et se nettoya l'entrejambe avant de remettre sa culotte en place et de réajuster sa robe – le tout sans lui adresser le moindre regard.

Parker l'attrapa par le poignet et la colla contre lui. L'homme mûr s'était lui aussi rhabillé et était de nouveau tiré à quatre épingles. Aucune trace de leurs ébats ne subsistait sur lui.

« Alexandra, je ne voulais pas te manquer de respect. Je pensais que ce don faisait partie de notre petit jeu. »

Voilà ce que représentait cette soirée pour lui – un jeu. Pour elle aussi, ça n'avait au départ été qu'un jeu. Pourquoi donc était-elle triste à l'idée qu'elle ne comptait pas vraiment pour lui ?

Elle avait compris à partir de quand tout ceci était devenu bien plus qu'un simple jeu. Dès l'instant où le mot *Papa* était instinctivement sorti de sa bouche. Néanmoins, elle avait tout de même sa fierté.

« Oui, bien sûr. Je suis désolée – tu as raison. J'ai juste été surprise, c'est tout. L'aspect *papa gâteau* était évident, hein ? »

Xandra sentit le torse de Parker se contracter alors qu'il riait. « Peut-être, oui. J'avais compris le message, bien sûr. Mais je veux réellement faire un don pour aider Maggie et Gus à se faire adopter. C'est évident que ces chiens comptent beaucoup pour toi. »

Elle posa son regard sur lui et un sourire sincère se dessina sur son visage, même si elle souffrait. Il n'avait pas plus profité d'elle qu'elle de lui. C'est ce qu'elle avait voulu, en sachant pertinemment dans quoi elle s'embarquait. Il n'était pas responsable des sentiments qu'elle avait développés à son égard. Elle ne pouvait pas lui en vouloir. Et elle appréciait réellement son souhait d'aider la fondation.

« Ce sont mes préférés, admit-elle en se dégageant de lui, ils sont la raison de ma présence ici ce soir et... » Elle regarda sa montre. « J'ai encore un peu de temps pour leur trouver un nouveau foyer, mais je dois retourner auprès des invités. »

Ils se dirigèrent vers la porte et il lui dit tendrement :
« J'ai vraiment passé un super moment. Merci. »

Merci ? Sérieusement ?! Merci ??

« Euh, de rien ? »

CHAPITRE QUATRE

Parker

Le petit rendez-vous galant qu'il venait d'avoir avec la jeune femme à la mèche bleue n'avait pas duré plus d'un quart d'heure, mais il s'était révélé incroyable. Le meilleur coup qu'il avait tiré depuis un bon moment. Peut-être même depuis toujours.

Elle l'avait appelé *Papa*, putain - une sacrée nouveauté. On l'avait appelé *Monsieur* de nombreuses fois par le passé – et encore, en insistant et quand sa partenaire du moment le voulait bien. Mais *Papa*, c'était une première pour lui. Et son esprit était désormais envahi d'images d'Alexandra, à genoux et vêtue d'une robe de satin à froufrous rose, ses yeux larmoyants rencontrant les siens alors qu'il baisait sa bouche délicate. Tout cela, bien sûr, avant que son visage ne soit couvert de foutre. Dans une autre de ces visions elle gémissait, la tête dans l'oreiller tandis qu'il offrait à son petit cul la punition qu'il méritait après qu'elle s'était mal comportée.

Parker avait le sentiment qu'elle serait une vraie peste – surtout si ça pouvait lui valoir d'être punie. Sa chatte avait en effet coulé à flots après avoir entendu les mots salaces qu'il avait murmuré au creux de son oreille et après les nombreuses fessées qu'il lui avait données. La douce Alexandra avait besoin d'une main de fer dans un gant de velours – et Parker était précisément l'homme qu'il lui fallait.

Elle traversa la salle de bal, son oreillette de nouveau en place, et donna des instructions à ses collègues alors qu'elle passait devant la table 36, sans même jeter un œil dans sa direction. Pour une raison que Parker lui-même ignorait, ça le dérangeait.

La table de Steven Ericson, bruyante à souhait, la fit éclater de rire plus d'une fois et elle dragua tous les convives – hommes comme femmes. Il avait conscience qu'elle ne faisait que son travail - et elle était douée - mais il trouvait ça rageant qu'elle ait déjà l'air d'avoir oublié l'homme qui l'avait fait grimper aux rideaux dans la réserve quelques minutes auparavant.

Bien sûr, il ne s'était pas attendu à ce qu'elle tombe raide dingue de lui mais, après le moment qu'ils avaient partagé ensemble, il avait espéré d'elle au moins un sourire ou un clin d'œil en sa direction. Une petite marque d'affection qui lui indiquerait qu'il était différent du reste des convives – qu'il était *son* Papa.

Mais tout ceci n'avait été qu'une mise en scène ; de la même manière, il l'avait payée pour coucher avec elle. Évidemment, il allait faire un don quoi qu'il arrive mais, en toute franchise, il aurait sans doute donné moitié moins si sa queue n'avait pas été profondément enfouie dans sa chatte chaude et humide.

Il ne put désormais s'empêcher de se demander si elle faisait souvent ce genre de chose avec les donateurs les plus fortunés. Il ne portait cependant aucun jugement à son égard

– il avait baisé tellement de femmes par le passé. Mais cela enlevait en quelque sorte tout le charme du moment intime qu'ils avaient partagés.

Merde, il avait voulu compter pour elle.

****

Xandra

Elle avait fait à nouveau plusieurs tours avec Maggie et Gus après le diner, et une fois de plus après l'annonce des gagnants des enchères. Elle rencontra beaucoup de sourires compatissants après avoir raconté l'histoire des deux labradors et on lui promit de généreuses donations en leurs noms – même si elle attendait de voir combien de ces personnes tiendraient réellement parole – mais hélas, personne ne fut intéressé par ces charmantes créatures.

L'idée d'avoir à les séparer la rendait malade, mais le refuge ne leur faisait pas le plus grand bien. Si c'était la seule solution pour qu'ils puissent trouver un nouveau foyer... Cette simple pensée lui donna les larmes aux yeux.

Elle sentit alors son téléphone vibrer et le sortit de la petite sacoche qu'elle portait. Elle sourit en voyant le nom de Parker sur l'écran.

À chaque fois qu'elle avait jeté un œil en direction de sa table, elle l'avait trouvé en train de la regarder. Il ne s'était jamais montré embarrassé et s'était contenté de sourire chaleureusement et de hocher la tête, comme s'il était d'accord avec ce qu'elle essayait de faire.

Parker : J'ai une proposition à te faire concernant Gus et Maggie.

Xandra : Eh bien, on peut dire que tu sais me mettre l'eau à la bouche.

Parker : C'est le but.

Il inclut un emoji souriant. Elle reconnut la phrase – les mots qu'elle avait elle-même prononcés.

Parker : Et si tu amenais Gus et Maggie chez moi, demain à midi ? On pourrait en discuter après un bon repas.

Xandra : Si ça implique de te tailler une pipe en échange de leur adoption, sache que je suis partante à 200%.

Parler : En fait, pas vraiment, mais c'est bon à savoir. Ça ne me pose aucun problème.

Elle s'était à peine remise du coup de massue qu'elle avait reçu dans la réserve, et voilà qu'elle se comportait à nouveau comme une trainée.

Mais c'était, pensa-t-elle, pour la bonne cause. Et il était vraiment canon. Elle avait eu des papillons dans le ventre à chaque fois qu'elle avait jeté un œil à sa table et qu'elle avait trouvé ses yeux posés sur elle.

Il envoya un autre message indiquant son adresse, puis encore un autre.

Parker : Je vais bientôt partir. Viens me dire au revoir. Dépêche-toi, Papa a horreur d'attendre.

Ses doigts de pieds se recourbèrent à la lecture du message.

Xandra : Et voilà, je suis trempée. Merci beaucoup.

Une fois de plus, s'inspirant de son petit jeu, il répondit :

Parker : Il va falloir me le prouver, petite.

Aucun problème, Dr. Preston.

CHAPITRE CINQ

Parker

Il se réveilla samedi matin, excité par tout ce que cette journée avait à lui offrir. À savoir, une fille avec du répondant qui l'avait intrigué comme aucune autre avant elle. Sa ferme poitrine et son cul divin n'étaient pas pour lui déplaire, sans parler de sa démarche coquine qui allait à merveille avec la mèche bleue perdue au milieu de sa chevelure blonde.

Parker voulait explorer son corps davantage et il avait peut-être trouvé un stratagème lui permettant d'arriver à ses fins – temporairement, du moins. Il savait que cela pouvait s'apparenter à du chantage, mais il s'agissait aussi, et surtout, de la voir heureuse.

Être la source de son bonheur flatterait son égo et, s'il parvenait à tremper le biscuit par la même occasion, qui était-il pour se plaindre ?

Il avait même renoncé à aller à l'hôpital ce jour-là – c'est dire à quel point il désirait la revoir.

On sonna à la porte précisément une minute avant midi et son érection fut instantanée. À l'instar de la soirée précédente, elle lui avait obéi et ne l'avait pas fait attendre.

Après qu'elle l'eût raccompagné jusqu'à sa voiture, Parker lui avait offert un nouvel orgasme en guise de récompense. En effet, alors qu'ils se trouvaient dans le parking dépourvu d'éclairage, il avait discrètement glissé la main sous sa robe et l'avait trouvée complètement trempée.

« Tu ne mentais pas, lui avait-il murmuré, en voilà une bonne fille. » Elle s'était appuyée contre la portière de sa Mercedes, les jambes écartées, alors que les doigts de Parker s'occupaient de son entrejambe. Sa culotte était enroulée au niveau des chevilles et elle s'était occupée de relever sa robe pendant que sa main l'envoutait et frottait contre son clitoris. Parker avait pris le soin d'étudier les réactions au moindre de ses mouvements. La regarder devenir folle à son toucher l'avait presque fait jouir directement dans son pantalon. Ça avait été terriblement sexy. *Elle* avait été terriblement sexy.

Et Alexandra se tenait maintenant devant sa porte, vêtue d'une robe rose aux allures de nuisette qui le fit grogner bruyamment après lui avoir ouvert. Sans la présence des deux chiens à ses côtés, il l'aurait déjà trainée à l'intérieur avant de la prendre contre la surface la plus proche. Mais les chiens étaient bien là et il devait également lui faire part de sa proposition avant de pouvoir la prendre où que ce soit.

Si, néanmoins, elle acceptait son offre, il n'aurait pas assez des huit cents mètres carrés de sa propriété pour ce qu'il comptait lui faire durant le prochain mois.

****

Xandra

Elle fut absolument bouche bée en approchant la maison de Parker aux côtés de Gus et Maggie. Elle était tout droit sortie d'un film. S'il acceptait de les adopter, ses compagnons à fourrure avaient touché le jackpot.

« Alexandra, tu es pile à l'heure » dit Parker en esquissant un grand sourire alors qu'il ouvrait la porte. Il était aussi canon qu'il avait été dans son smoking – même vêtu d'un simple jean et d'une chemise blanche.

En fermant la porte derrière elle, il la tira gentiment contre son torse musclé et ses mains s'aventurèrent sous sa robe. Sans perde une seconde de plus, elles se glissèrent une fois de plus sous sa culotte et il murmura à son oreille : « Quelle bonne fille, déjà toute mouillée pour Papa. » Puis il plongea un doigt en elle. Sa main libre en profita pour lui caresser la poitrine à travers sa robe et il blottit sa tête contre son cou avant de prendre une grande inspiration – comme pour s'imprégner de son odeur. Entre l'attention que lui portait Parker et les chiens qui tiraient sur leurs laisses pour sentir le reste de la maison, Alexandra était complètement déboussolée. Le beau docteur se retira tranquillement de sa chatte et dessina des cercles sur son clitoris avec son pouce avant de se lécher les doigts – désormais trempés eux aussi.

« Mon dieu, quel accueil ! » s'exclama-t-elle en riant avant de reprendre ses esprits.

« Désolé, je n'ai pas pu me retenir. Cette robe te rend beaucoup trop baisable. »

Les laisses de Maggie et Gus étaient encore enroulées autour de son poignet et elle se laissa guider hors de son étreinte. Il marcha à ses côtés et lui indiqua la grande baie vitrée un peu plus loin.

« On va déjeuner dans le patio, comme ça ils pourront courir un peu – le jardin est clôturé.

- Parfait. Je suis impatiente d'entendre ta fameuse proposition. »

Avec un peu de chance, elle devrait satisfaire quelques-unes de ses envies en échange de l'adoption des deux labradors. Selon elle, en tout cas, tout le monde y trouverait son compte.

CHAPITRE SIX

Parker

« Je souhaite adopter Gus et Maggie— » Sa déclaration lui mit des étoiles dans les yeux et elle sourit jusqu'aux oreilles avant qu'il ne lève un doigt pour la calmer.

« Mais j'ai besoin que tu m'aides avec eux. Et, dit-il en souriant, avec *autre* chose.

- Je t'ai déjà dit que— » Il l'interrompit en secouant la tête.

« Je veux plus qu'une simple pipe. Je veux que tu vives ici pendant un mois. Il faudra habituer les chiens à leur nouvelle vie, engager un promeneur et quelqu'un pour faire le ménage. En gros, il faut que tu m'aides à créer une routine. Bien sûr, tu partageras aussi mon lit pendant cette période – sans contrepartie, évidemment. Et en plus d'adopter Gus et Maggie, je m'assurerai que tu sois pourrie gâtée. Tu seras ma petite princesse pour un mois. »

Un sourire plus triste remplaça le précédent. « Je ne peux pas, Parker. »

Il prit une profonde inspiration et hocha la tête, compréhensif. Il avait su dès le départ qu'il s'agissait d'une idée assez saugrenue. Une idée qui lui avait paru encore plus folle après l'avoir énoncée, mais elle avait semblé être la solution parfaite selon lui.

« J'ai trois chiens et je dois m'occuper d'eux. » expliqua-t-elle.

Un sourire de dessina sur le visage de Parker et il agita la main devant lui. « Regarde autour de toi, ma petite. Tu crois qu'ils manqueront de place ici ? »

Alexandra le regarda fixement, digérant lentement la proposition qu'il venait de lui faire.

Elle ne l'avait pas giflé et elle n'avait pas non plus fait mine de vouloir s'en aller – qui ne dit mot consent, pensa-t-il.

« Oui, souffla-t-elle doucement, j'en serais ravie.

- Vraiment ? » demanda-t-il le sourire aux lèvres.

Elle lui retourna son sourire en hochant la tête avant de glisser hors de sa chaise et de s'asseoir sur ses genoux.

« Mais à une condition.

- Dis-moi. » Elle aurait pu demander une putain de Ferrari flambant neuve et Parker la lui aurait offerte le soir même.

« Il faut que tu installes une petite porte pour chien et que tu clôtures une plus petite partie du jardin. Ton terrain est trop grand pour qu'on les laisse tous gambader sans limites.

- J'engagerai quelqu'un pour ça avant la fin de la semaine prochaine. »

Elle le prit dans ses bras et reposa la tête contre son épaule tandis qu'il lui caressait l'intérieur des cuisses.

Soudain, elle leva la tête et plissa les yeux. « Et on ne tombera pas amoureux. »

Il n'hésita pas un seul instant. « Aucun problème, bébé. »

Alexandra changea de position et mordit l'intérieur de sa joue. « Parfait. C'est plus facile comme ça. »

Parker était totalement d'accord. Il avait volontairement limité son offre dans le temps pour qu'elle accepte plus facilement mais aussi pour sa propre sécurité. Cette relation avait une date de péremption. Il n'était pas célibataire pour rien, après tout. Mais tout de même, il n'avait jamais rencontré quelqu'un comme la petite lutine à la mèche bleue. Et savoir que tout se terminerait trente jours plus tard enlevait un sacré poids de ses épaules.

« Contentons-nous de nous amuser durant le mois prochain, princesse. »

****

Xandra

L'offre de Parker lui avait paru trop belle pour être vraie – vivre dans sa belle maison et être sa princesse pourrie gâtée pendant un mois, tout en assurant à Maggie et Gus une nouvelle vie ? *Ca-ré-mment.*

Étonnamment, c'était l'aspect *princesse pourrie gâtée* qui l'avait fait hésiter le plus. On ne l'avait jamais gâtée auparavant. Et si elle aimait ça ? Et si elle tombait amoureuse de lui ? Que se passerait-il dans trente jours ?

Xandra décida que la meilleure défense était l'attaque. Elle considérerait le mois prochain comme des vacances – étant donné qu'il y avait effectivement une date de fin – et elle refuserait de développer des sentiments pour lui. Quand l'heure serait venue pour elle de partir, elle ramènerait ses chiens et ses souvenirs d'une autre vie - pleine de glamour - chez elle. Mais surtout, elle serait certaine que Gus et Maggie allaient finir leurs vies ensemble et dans les meilleures conditions possibles. Ils l'avaient bien mérité.

« Allons chercher tes affaires, bébé. » murmura-t-il tout en blottissant la tête contre son cou.

Alexandra déglutit durement. C'était la meilleure décision qu'elle avait prise de sa vie, ou la pire.

CHAPITRE SEPT

Parker

Il conserva une expression neutre lorsque Xandra et lui entrèrent dans son minuscule appartement une pièce. Il aurait pu aisément tenir dans l'entrée de la maison de Parker mais il était tout de même impeccable et bien rangé. Elle avait réussi à le rendre *chaleureux*.

Un méli-mélo de fourrure blanche arriva en trombe dans le salon. Trois petites boules de poils étaient sorties de ce qu'il pensait être sa chambre, très contentes de revoir leur maîtresse.

Elle souleva le plus agité des trois chiens et le montra à Parker. Il présentait une sous-occlusion et un poil relativement fin – le pauvre bougre était si laid qu'il en devenait presque mignon.

« Voici Pepper. C'est un terrier donc il aboie plus qu'il ne mord. C'est aussi le plus gentil des trois, même s'il n'en a pas l'air au premier abord. »

L'animal, comme s'il avait pris conscience de ne pas se comporter en terrier digne de ce nom, commença à aboyer en direction de Parker.

Xandra lui donna une tape sur le museau et dit avec enthousiasme : « Non. Sois gentil. »

Pepper sembla enclin à ne pas la décevoir et se calma immédiatement.

Malin ce chien. Je ne voudrais pas la décevoir non plus.

Elle le posa par terre et souleva les deux autres, un dans chaque main. En levant celui qui ressemblait à un chihuahua un peu plus haut que l'autre, elle dit : « Voici Zippy. » Elle leva ensuite l'autre bras et dit : « Et voici Frank. Ou comme je préfère affectueusement l'appeler, Putain de Frank. »

Parker, essayant d'ignorer au mieux le museau de Pepper qui lui reniflait la jambe – sans un doute un grand compliment de la part du chien – pencha la tête et interrogea Xandra du regard. Elle expliqua : « C'est un caniche. C'est un vrai petit con qui n'en fait qu'à sa tête et qui n'obéit que lorsqu'il en a envie. »

Il y avait une certaine douceur dans son comportement alors qu'elle tenait les chiens ; une douceur qu'il n'avait constatée chez elle qu'au contact des animaux. Il voulait s'approprier cet aspect d'elle.

« Va faire tes valises, l'encouragea-t-il, je vais faire connaissances avec mes nouveaux amis. »

Elle reposa les deux chiens et enleva leurs poils de sa robe. Elle le vit en train de la regarder et agita la main en indiquant l'appartement.

« Tu es vraiment sûr de vouloir faire ça ? Tu as l'habitude de vivre seul et maintenant tu vas non seulement devoir vivre avec moi, mais avec *cinq* chiens au quotidien. C'est un changement radical. »

Il avança et prit ses mains dans les siennes, comme s'il était sur le point de l'épouser.

« C'est un changement radical, c'est vrai. Mais crois-le ou non, je suis encore capable de m'adapter à mon âge. Et je suis riche. Je demanderai à ma femme de ménage de venir trois fois par semaines et j'achèterai tout un stock de brosses adhésives, pour les poils. Une fois que la porte et les clôtures seront prêtes, les chiens seront aux anges. » Il la tira prêt de lui et la prit dans ses bras. « Et toi... » Il s'interrompit et embrassa sa tempe. « Le simple fait de penser que tu sois chez moi pour m'accueillir tous les soirs après le travail, que tu dormes à mes côtés pendant un mois... » Il l'embrassa à nouveau. « Et que tu sois la première chose que je vois en me réveillant... ça me rend heureux. »

Tellement heureux. Plus que tout, il voulait la gâter, l'aimer à la folie et la baiser jusqu'à ce qu'elle en perde la raison. Tous. Les. Jours. Enfin, au moins durant les trente prochains jours.

« Moi aussi. » répondit-elle.

Il lui donna une tape sur les fesses. « Va faire tes valises. »

Elle gloussa et détala en direction de sa chambre avant de s'arrêter devant la porte et de se retourner en fronçant les sourcils. « Tu ne ronfles pas, hein ?

- Pas que je sache.

- Moi oui. »

Sans transition, elle entra dans sa chambre et le laissa là, secouant la tête et souriant. Si elle ronflait réellement, il était certain qu'elle serait juste adorable.

****

Xandra

Parker examinait la pile d'affaires qu'Alexandra avait rassemblées sur le palier. « Je crois que tes chiens ont plus de trucs que toi.

- Tu as sûrement raison. »

Il fronça légèrement les sourcils. « Tu n'as rien pris pour Gus et Maggie.

- Il n'ont pas vraiment d'affaires. Tout ce qu'ils ont appartient au refuge et sera donné aux chiens qui les remplaceront. »

Une ride se forma sur son front. « Eh bien, il va falloir leur acheter toutes ces choses, à eux aussi. »

Un sourire se dessina sur le visage d'Alexandra. Le fait qu'il ait pensé aux labradors lui allait droit au cœur. Cela signifiait qu'il se considérait vraiment comme leur maître.

« On peut s'arrêter à l'animalerie sur le chemin du retour.

- Avec eux ? dit-il en pointant du doigt les trois gaillards qui remuaient la queue.

- C'est une animalerie. Ils peuvent rentrer à l'intérieur, répondit-elle.

- Ça parait logique, » acquiesça-t-il.

*

Heureusement pour eux, Parker possédait un SUV – une véritable aubaine aux vues de toutes les affaires qu'ils avaient à transporter après leur passage à l'animalerie. Un tel véhicule n'était vraiment pas du luxe.

CHAPITRE HUIT

Xandra

Après l'accueil chaleureux qu'il avait réservé à sa chatte à son arrivée, Parker n'avait pas touché Alexandra de la journée – mis à part pour lui prendre la main quand ils n'étaient pas dans la voiture.

Il lui avait également donné des tapes sur les fesses et, étrangement, elle avait apprécié. Cela lui donnait un air autoritaire – un air que Xandra semblait beaucoup aimer chez lui, chose qu'elle n'avait jamais ressentie auparavant.

Ses doigts avaient effleuré son entrejambe alors qu'elle entrait dans le SUV et elle lui adressa un sourire en coin. Cela lui valut un : « Fais attention, petite.

- Je n'ai pas peur, » répondit-elle avec insolence.

Elle sentit ses tétons se raidir quand il se pencha en avant, la main contre l'encadrement de la portière et qu'il grogna à son oreille : « Tu devrais. »

Xandra n'avait pas peur de lui – pas le moins du monde. Même si elle devrait peut-être se montrer plus prudente. Elle n'avait fait sa connaissance que la nuit dernière, avait couché avec lui dans les trente minutes qui suivirent leur rencontre et elle avait accepté de vivre avec lui. Ils étaient tous deux loin d'être des gens ordinaires, c'était chose sûre.

Néanmoins, elle avait recherché son nom sur Google après être enfin rentrée chez elle. Le Dr. Parker semblait en tout point être un homme droit et honnête. Un véritable pilier de la communauté. Rien dans ses recherches ne suggérait qu'il était dangereux – bien au contraire en réalité. Pas un seul brin d'excentricité. Mais elle savait bien ce qu'il en était réellement pour l'avoir vécu elle-même.

Elle était également certaine qu'il ne trouverait rien de spécial en cherchant son nom sur Google. Il verrait simplement une femme qui a fait de sa passion pour les animaux son métier et qui a vu son diplôme de littérature ne servir à rien, comme son père l'avait redouté. Rien dans tout cela ne laisserait penser qu'elle enverrait une photo de ses nichons à un inconnu et qu'elle laisserait ledit inconnu la baiser dans une réserve.

Elle n'avait strictement aucune idée de ce qui lui était passé par la tête ce soir-là. La façon dont Parker avait manifesté son intérêt envers *elle* l'avait enhardie. Et la voilà, essayant de le séduire à nouveau – mais avec moins de chance cette fois-ci.

Si cette menace était sensée lui faire peur, elle avait fait l'inverse. Elle était plus excitée que jamais, et curieuse également. C'était peut-être cette curiosité qui entretenait le feu qui rugissait dans ses entrailles. Ou alors, elle était excitée par le fait qu'il se montre tendre avec elle alors qu'il cachait un côté bien plus sombre – un côté qu'il ne montrait pas à n'importe qui. Elle n'en savait rien mais elle le désirait comme jamais elle n'avait désiré un homme.

Et il ne se montrait pas très coopératif.

Quand ils revinrent chez Parker, elle libéra les chiens et les présenta à nouveau à Maggie et Gus avant d'emmener la joyeuse bande dans le jardin. Une fois qu'ils furent installés, elle rentra à l'intérieur pour aider Parker à ranger toutes ses affaires.

Une fois de plus, sa main passa *accidentellement* sur sa bite alors que sa poitrine effleura son torse tandis qu'elle cherchait une de ses valises.

« Oh, pardon. »

Il sourit légèrement, en sachant pertinemment qu'elle faisait exprès. Mais il n'allait pas céder aussi facilement.

« C'est pas grave, » dit-il comme si de rien n'était. Je réfléchissais à transformer la buanderie en chambre pour les chiens, c'est donc là qu'on installera la petite porte. Et je ferai clôturer le coin au nord-est du jardin.

Comme si elle en avait quelque chose à faire – enfin, pas maintenant.

Elle mordit sa lèvre inférieure et regarda fixement sa queue. « Je pense que c'est une excellente idée. »

Xandra savait que Parker était aussi excité qu'elle – elle pouvait deviner son engin, épais et dur, à travers son jean. Elle en avait l'eau à la bouche.

Il se pencha en avant et lui pinça un téton. « Tu es une vilaine fille, Alexandra. »

Alexandra. Il ne l'appelait pas par son surnom alors même qu'elle s'était présentée comme étant Xandra. Enfin, Xanadu au tout début, mais il avait tout gâché en prétendant qu'il ne s'agissait pas d'un nom bizarre. Il n'avait pas non plus fait grand cas de sa mèche bleue et il ne l'avait jamais vraiment trouvée étrange - intrigante tout au plus.

L'intérêt qu'il lui portait disparaitrait vite en trente jours, elle en était persuadée. Mais en ce moment, sa chatte était mouillée et son Papa refusait de la satisfaire. Elle voulait taper du pied et faire la tête – elle n'avait pas l'habitude qu'on lui dise non. Pourquoi lui avait-il demandé de s'installer chez lui s'il n'avait pas l'intention de la baiser chaque fois qu'il en aurait l'occasion ?

Xandra continua de le provoquer tandis qu'ils amenaient ses affaires dans la chambre – elle se penchait devant lui, se frottait contre lui avant de s'excuser, relevait *accidentellement* sa robe dans la salle de bain.

Et enfin, il eut l'air d'en avoir assez. Il lui attrapa les poignets d'une main et son entrejambe fut immédiatement trempé. Il la fit pivoter sur ses talons et la poussa contre le mur en appuyant sa queue rigide contre son cul. Elle en voulait plus et le repoussa d'un coup de bassin.

« Garde les mains contre le mur » lui ordonna-t-il.

Il glissa une main sous sa robe et tira d'un coup sec sur sa culotte avant de lui écarter les jambes avec le pied.

Oui ! Enfin !

Mais au lieu de caresser son clitoris ou de la pénétrer, il grogna au creux de son oreille : « Ma petite coquine. Papa va te donner une leçon de patience » avant de frapper rapidement son clitoris.

La douleur mêlée à l'excitation était exquise et elle cambra le dos tout en gémissant.

Elle sentit son souffle chaud sur sa nuque avant qu'il ne pince son petit bouton. « Ce soir, princesse, tu vas être le petit jouet personnel de Papa. Tu vas satisfaire *mes* désirs. Et si tu te comportes comme une bonne fille, tu pourras jouir demain. Sinon... Eh bien il y a toujours le jour d'après. »

Le jouet personnel de Papa ? Satisfaire ses désirs ?

S'il était question de n'importe quel autre homme, elle refuserait catégoriquement. Elle voulait aussi satisfaire ses propres désirs, merci bien. Mais l'aura dominante de Parker lui donnait *l'envie* de le satisfaire. Elle voulait être la petite salope obéissante qu'il utiliserait comme bon lui semblait.

Cette idée la rendit encore plus moite.

« Oui, Papa. »

La main du docteur se posa sur sa gorge et il la serra délicatement avant de poser son pouce sur ses lèvres. Xandra ouvrit la bouche et il enfonça lentement le doigt à l'intérieur.

« Suce comme si ta vie en dépendait. Montre-moi de quoi ma petite salope est capable. »

Elle lécha son pouce telle une chienne affamée, secouant la tête de bas en haut et en suçant le bout – comme s'il s'agissait d'une bite.

L'autre main de Parker lui enveloppa le cou et il serra plus fort cette fois.

« À genoux, princesse. Papa veut s'amuser avec ton visage. »

****

Parker

Alexandra n'hésita pas une seule seconde. Elle se retourna et se mit à genoux avant de poser ses magnifiques yeux couleur noisette sur lui – les mains posées sur les cuisses, attendant ses instructions.

C'était une si bonne fille – naturellement soumise. Parker doutait qu'elle ait conscience de sa nature ; elle n'avait sûrement jamais rencontré un homme à la main ferme.

« Déshabille-moi, Alexandra. »

Elle s'exécuta et après avoir baissé son pantalon, elle glissa la main dans son caleçon et libéra sa bite.

« Oh, Papa, s'exclama-t-elle, elle est si grosse. »

Elle jouait peut-être avait son égo mais Parker savait qu'il n'avait pas de quoi rougir quand il s'agissait de son membre. Et dans les petites mains de Xandra, sa bite avait *réellement* l'air plus grosse que dans les siennes.

« Fais du bien à Papa, bébé. »

Elle lui sourit avant de faire courir sa langue autour de son gland puis le long de son manche.

Il lui caressa les cheveux en guise d'encouragement. « C'est bien, princesse » dit-il avant d'avoir le souffle coupé lorsqu'elle avala sa bite tout entière. Son gland s'agitait dans sa gorge tandis qu'elle maintenait Parker à l'intérieur de sa bouche.

Oh putain. La douce Alexandra n'en était pas à sa première pipe. Et ça ne lui posait pas le moindre problème.

Elle commença à le branler tout en bougeant la tête de haut en bas et le pauvre Parker se mit à voir des étoiles.

« Mon dieu, princesse » grogna-t-il en balayant sa mèche bleue hors de son visage pour qu'il puisse la voir sous un meilleur angle.

« Mmmh, Papa. Ta bite est si bonne. Est-ce que tu vas recouvrir mon visage avec ton foutre ? »

Putain. De. Merde.

Il attrapa ses cheveux et lança : « Ma petite chienne. Regarde à quel point ma bite est dure maintenant. »

Elle le branlait de plus en plus vite et un filet de bave courrait de sa bite jusqu'à sa bouche – il dut fermer les yeux afin d'éviter de jouir en quelques secondes.

Xandra l'implora ensuite : « Jouis sur mon visage, Papa. S'il te plaît. Je veux sentir ta semence chaude et humide sur ma peau. »

Pour Parker, la partie était terminée. Il prit son visage entre les mains et lui baisa la bouche – laissant même échapper des rugissements. Il se retira ensuite avant de pointer son engin contre ses joues et de se branler jusqu'au point de non-retour.

« Prends ça, bébé » gémit-il alors que des giclées de foutre frappèrent le visage d'Alexandra.

Il s'attendait à ce qu'elle ferme les yeux et qu'elle fasse la grimace après une telle douche, mais sa petite actrice porno gémit : « Oh oui, Papa. Merci, » avant d'étaler sa semence sur son putain de visage.

Parker l'aida à tout recouvrir avec sa queue puis pressa son gland contre ses lèvres.

« Nettoie ma bite, princesse. » Et la jeune femme ne se fit pas prier.

Il la regarda en souriant, prit son menton dans les mains et s'exclama : « Putain, chérie. C'était génial.

- Je suis contente que ça t'ait plu, Papa. »

Il l'aida à se relever puis la souleva par la taille avant de la poser sur le plan de travail afin de la nettoyer plus facilement.

« Tu as fait du bon travail, bébé. Du *très* bon travail même ; Papa va peut-être te laisser jouir ce soir après tout.

- Je croyais que je devais apprendre à être patiente, Monsieur. »

Ah oui. Merde.

Il essuya délicatement son visage à l'aide d'une serviette tandis qu'elle le regardait avec des gros yeux pleins d'innocence. Mais il n'était pas né de la dernière pluie.

« J'ai aimé ma petite leçon jusqu'ici » murmura-t-elle.

Elle était la perfection incarnée.

Parker tamponna le long de sa mâchoire puis lui donna une tape sur le nez du bout du doigt. « Je connais une meilleure méthode pour t'apprendre à être patiente, bébé. »

CHAPITRE NEUF

Xandra

Ses mots lui donnèrent des frissons. Il les avait prononcés comme si de rien n'était mais la lueur qu'il avait dans les yeux suggérait le contraire.

« Est-ce que je vais l'apprécier autant que ma dernière leçon ? »

Parker pencha la tête, réfléchissant à sa question.

« Oui et non.

- Ça ne me dis pas grand-chose, Parker. »

Il leva les sourcils et elle se rendit compte de sa gaffe et se reprit très rapidement. « Pardon, Papa. »

Il lui sourit. « Tu peux aussi m'appeler Monsieur.

- Mais pas tout le temps, hein ? »

Il rit et la tira contre lui avant d'embrasser ses cheveux. « Non, Alexandra. Seulement lorsqu'on joue ensemble. Tu peux m'appeler par mon prénom le reste du temps. »

La jeune femme se blottit contre son torse. « Tu sais, j'aime bien t'appeler Papa.

- Tu sais, j'aime bien *être* ton Papa, répondit-il après l'avoir embrassée à nouveau.

- Est-ce qu'on t'a déjà appelé Papa auparavant ?

- Non. Et toi, est-ce que tu as déjà appelé quelqu'un Papa ?

- Jamais, répondit-elle en secouant la tête.

- On dirait que c'est une première pour nous deux alors.

54

- Mais... » Elle s'interrompit. Il était trop tôt pour qu'ils aient cette conversation.

Parker souleva le menton de la jeune femme à l'aide de son index. « Mais ? »

Alexandra prit une profonde inspiration. Comment allait-elle lui dire ?

« Mais je suis sûre que tu as déjà été... autoritaire avec d'autres femmes.

- Je suis d'un naturel dominant, c'est vrai.

- Et les femmes aiment ça ?

- Beaucoup, oui, dit-il en haussant les épaules. Elles ne se gênent jamais pour me faire savoir si ce n'est pas leur tasse de thé, auquel cas je m'adapte.

- Mais c'est *ta* tasse de thé. » Il s'agissait là d'une affirmation et non d'une question.

Parker sourit. « Et la tienne aussi, apparemment. »

Elle détourna le regard en cachant un sourire gêné. « Ah, oui. Je n'avais pas la moindre idée que quelque chose comme ça me plairait. »

Il souleva son menton une fois de plus pour la regarder dans les yeux. « Pas *quelque chose,* ma chérie. *Quelqu'un.* »

L'estomac de Xandra se trouva soudainement envahi de papillons. La pauvre se sentait si confuse qu'elle se contenta simplement d'acquiescer.

Parker la serra dans ses bras et lui murmura : « Une si gentille fille. Qu'est-ce que je vais bien faire de toi ? »

Un sourire espiègle se dessina sur son visage, confortablement blotti contre le torse du docteur. « Je suis sûre que tu trouveras quelque chose. »

Et elle était impatiente de découvrir ce dont il s'agissait.

****

Parker

Pendant qu'Alexandra rangeait ses affaires, Parker en profita pour se retirer dans son bureau. Il n'était pas allé à l'hôpital, mais il pouvait parfaitement travailler quelques heures.

En outre, cela l'aiderait peut-être à ne pas baiser sa petite lutine à la mèche bleue toutes les dix minutes. Le simple fait de penser à elle suffisait à son soldat pour se mettre au garde-à-vous.

Il réajusta son pantalon et alluma son ordinateur. Il semblait que Mademoiselle Alexandra n'était pas la seule qui devait apprendre à être patiente – lui-même était excité comme un enfant la veille de Noël à l'idée de ce qu'il avait en réserve pour elle ce soir-là.

*

Il posa ses lunettes de lecture sur le haut de son crâne et se frotta le nez. Il avait bien entendu été honoré de sa nomination en tant que chef du personnel, mais dieu que la tâche s'avérait difficile.

On toqua sur la porte ouverte du bureau et il leva les yeux pour voir la séduisante Alexandra qui se tenait dans l'embrasure – toujours vêtue de sa robe rose aux allures de nuisette.

Toutes ces conneries administratives lui avaient tellement pris la tête qu'il en avait presque oublié sa présence, ainsi que la leçon qu'il avait prévu de lui donner.

« J'ai fait des spaghettis à la bolognaise avec du pain à l'ail et une petite salade pour le diner. Tu as faim ? Tu veux faire une pause ? »

Il cligna plusieurs fois des yeux tout en comprenant ce qu'elle venait de lui dire. *Elle avait préparé le diner. Pour lui.*

Enfin, pas expressément pour *lui* – il fallait bien qu'elle mange, elle aussi. Mais tout de même, il allait enfin manger un repas digne de ce nom et pas un plat à emporter ou un vulgaire sandwich.

« Ça a l'air fabuleux. » L'odeur du pain à l'ail s'engouffra dans son bureau et mit ses sens en éveil. Parker éteignit son ordinateur et s'empressa de rejoindre Alexandra dans l'embrasure de la porte, mettant le bras autour de sa taille. « Tu arrives pile au bon moment, princesse. J'ai fini mon travail pour ce soir et je suis tout à toi. »

Elle se pencha contre lui et murmura : « Je sens que je vais adorer. »

Lui aussi – et peut-être même un peu trop.

****

Xandra

Elle s'était sentie comme une reine dans la cuisine tout équipée de Parker. Elle qui aimait cuisiner, elle avait été servie et son cœur avait battu la chamade en découvrant le contenu de tous les placards et tiroirs qu'elle avait pu trouver.

Toutes ses poêles et ses casseroles étaient *assorties* et il possédait absolument tous les gadgets dont elle avait rêvé – ainsi qu'un placard rempli d'épices en tout genre. Et n'oublions pas le garde-manger et le réfrigérateur pleins à ras bord.

Xandra pouvait sans aucun doute s'habituer à ce genre de confort – mais *pas trop*, se rappela-t-elle. Cette petite virée au paradis ne durerait, en tout et pour tout, que trente jours.

Maggie et Gus auraient un foyer permanent et elle aurait en échange un mois de sexe incroyable. Il s'agissait là de tout ce que Parker avait promis, et de tout ce qu'elle avait accepté.

Ni plus, ni moins.

Elle était déterminée à regagner son appartement dans un mois, le cœur intact. Mais le sourire qu'il avait sur les lèvres après avoir entendu qu'elle avait préparé le diner prouvait que tout cela s'avérerait plus facile à dire qu'à faire.

Et vint ensuite la leçon suivante.

CHAPITRE DIX

Xandra

« Est-ce que tu veux jouir, princesse ? » grogna-t-il tout en lustrant son clitoris à l'aide de l'index et de l'annulaire.

Avec les bras et les jambes attachés au lit à baldaquin de Parker, tout ce qu'elle pouvait faire était de cambrer le dos depuis sa position tout en implorant : « Oui, Papa. J'en peux plus. »

Il retira la main et secoua la tête en esquissant un vilain sourire. « Pas encore, bébé. »

Cette fois-ci, elle ne râla pas après s'être à nouveau vu refuser un orgasme. Elle commençait à retenir la leçon. Au lieu de cela, elle répondit : « D'accord Papa, c'est toi qui décides. »

Le sourire presque diabolique du docteur devint bien plus chaleureux alors qu'il se baissa pour sucer un de ses tétons. « Gentille fille. »

Son corps était si tendu qu'elle était surprise de n'avoir pas explosé la dernière fois qu'il avait joué avec sa chatte. Son avertissement : « T'as pas intérêt à jouir » y avait sans doute été pour quelque chose.

Il l'avait poussée dans ses retranchements toute la nuit durant. Il l'avait léchée du cul jusqu'au clito, lui disant à quel point elle avait bon goût, la rendant folle – puis s'était arrêté brutalement avant qu'elle n'atteigne le septième ciel.

Elle avait rugi et gémi. « Papaaa ! »

Sa seule réponse fut de lui baiser les nichons et de les asperger de foutre avant de lui lécher à nouveau la chatte jusqu'à ce que ses jambes tremblent – et de tout arrêter avant le point de non-retour.

Il avait joui une fois de plus, profondément en elle, en s'assurant qu'elle ne se rapproche toujours pas de l'orgasme qu'elle attendait tant – comme pour lui faire comprendre qu'il était aux commandes et qu'elle était simplement là pour le servir.

Son *jouet*, l'avait-il appelée alors qu'il observait sa semence couler le long de ses cuisses.

Ça l'avait beaucoup excité, et c'était exactement ce qu'Alexandra avait espéré quand elle lui avait murmuré à l'oreille qu'elle prenait la pilule.

Parker l'avait nettoyée et l'avait encore une fois amenée aux portes de l'extase – uniquement pour mieux la frustrer.

« C'est l'heure de te détacher, bébé » murmura-t-il tout en desserrant les nœuds des liens en soie qui la maintenait attachée au lit. « Je ne veux pas te couper la circulation. »

La déception envahit la jeune femme après qu'il en fut fini de leur petit jeu, mais elle acquiesça. Il avait sûrement raison à propos de sa circulation. Cela faisait déjà un bon moment qu'il la torturait.

Il plaça ses bras le long du corps et les frotta vigoureusement avant de faire la même chose avec ses jambes, une fois libérées.

« Ça va ?

- Non ! » lâcha-t-elle.

Parker la prit dans ses bras et la fit se tenir sur ses genoux.

« Alexandra, je suis tellement désolé. » Il embrassa sa main et la berça doucement. « Montre-moi où tu as mal, bébé.

- Non, » répondit-elle.

Il arrêta de la bercer et souleva son menton. « Non ?

- Je ne veux pas.

- Pourquoi pas ? demanda-t-il d'un air renfrogné.

- Je suis censée apprendre à devenir patiente, mais c'est vraiment pas dans ma nature ! »

Un léger sourire se dessina sur le visage de Parker, révélant des petites rides autour des yeux.

« Je sais que tu n'es pas patiente, princesse. Mais tu t'es si bien comportée. » Ses mains tombèrent entre ses jambes.

« Je te détachais pour te donner ta récompense. »

Xandra se mordit la lèvre pour essayer de réprimer un sourire. « Ah, dit-elle simplement.

- Mets-toi à quatre pattes, bébé. Papa veut te faire jouir. »

CHAPITRE ONZE

Xandra

Elle suivit ses instructions mais elle prit son temps avant de se mettre en position – rampant sur le lit telle une tigresse.

C'est vrai, Parker était son Papa et il avait un contrôle total sur son plaisir, mais elle avait également conscience du pouvoir qu'elle avait sur lui. Détenir pareille influence sur un homme de sa trempe la faisait se sentir incroyablement bien.

« Quel corps parfait, » déclara-t-il en caressant le derrière d'Alexandra à l'aide de ses grandes mains. Il saisit ensuite sa chair tendre et la serra entre ses doigts. Xandra savait qu'elle était loin d'être parfaite, mais si Papa voulait bien le croire, qui était-elle pour le contredire ?

Il lui écarta les fesses et elle sentit son souffle chaud contre ses parties intimes avant que sa langue ne glisse doucement de son fondement jusqu'à sa chatte. Parker donna ensuite plusieurs coups de langues entre ses fesses et Xandra s'en trouva pour le moins gênée. Personne ne lui avait fait cela auparavant, mais les gémissements du docteur lui firent savoir qu'il appréciait ce qu'il faisait. Il poussa ensuite un doigt contre son anus et Xandra se raidit.

« Détends-toi, princesse. »

Alors que son corps lui obéit, elle sentit son doigt plonger doucement en elle. Il s'agissait d'une étrange sensation qui lui donna la chair de poule, de la tête aux pieds. L'autre main de Parker se concentra sur son clitoris et, finalement, les deux mains de l'homme mûr bougèrent à l'unisson lorsqu'il introduisit sa langue dans la chatte d'Alexandra.

Une partie de la jeune femme craignait de se laisser aller, de peur qu'il ne s'interrompe – comme il l'avait fait toute la nuit. De plus, Parker lui procurait un plaisir tel qu'elle ne voulait absolument pas que tout s'arrête aussi vite.

Mais il lui dit doucement : « Jouis pour Papa, Alexandra, » avant de replanter la langue à l'intérieur d'elle et le corps de la jeune femme se détendit, laissant l'orgasme arriver depuis la pointe des pieds.

Elle commença à scander : « Oui Papa ! Oui ! » Son corps engourdi par le désir qui la consumait.

« Jouis sur ma langue, bébé. »

Son ton impérieux lui donnant enfin l'autorisation de jouir la rendit folle et elle commença à frémir face à l'orgasme le plus intense qu'elle ait jamais connu.

Elle tremblait et convulsait à mesure que des vagues de plaisir parcouraient son être tout entier. Et ni les mains ni la bouche de Parker ne lui laissèrent de répit avant qu'elle ne fût complètement lessivée.

Enfin, Alexandra referma les jambes et s'effondra sur le lit.

« Oh mon dieu, dit-elle à bout de souffle. Qu'est-ce que tu m'as fait ? Je pourrai plus jamais prendre mon pied avec un autre homme. »

Il se coucha à côté d'elle en passant un bras autour de sa taille nue, la tête blottie contre son cou. « C'était le but, princesse. »

****

Parker

Il n'avait aucune idée de la raison pour laquelle il avait dit ça. Elle finirait par le quitter – pourquoi donc voulait-il qu'elle ne puisse plus apprécier un homme autre que lui ?

Mais il le voulait. Plus que tout.

La simple idée qu'elle soit avec un autre le dégoûtait. Trouverait-elle un autre Papa un jour ? Ou se retrouverait-elle avec un abruti qui n'aurait aucune idée de comment la satisfaire ?

Cela n'avait pas d'importance – il n'appréciait aucun des deux scénarios. Aucun scénario du tout, à vrai dire, duquel il ne faisait pas partie.

À quoi pensait-il ? Ce n'était pas juste. Alexandra méritait quelqu'un qui prendrait soin d'elle tout en la laissant voler de ses propres ailes.

Quelqu'un comme moi.

Non. *Pas* comme lui. Son travail était bien trop chronophage pour une relation à long-terme. Il en avait fait les frais plus d'une fois. Il savait qu'Alexandra ne verrait pas de problème avec ses horaires, elle se montrerait même attentionnée envers lui – mais après un moment, elle abandonnerait, incapable de rivaliser avec ses responsabilités.

Il passa les doigts le long de sa colonne vertébrale tandis qu'il écoutait le doux murmure de sa respiration – la pauvre était déjà dans les bras de Morphée, après une si rude leçon.

Sors-toi peut-être les doigts du cul cette fois, idiot. Fais en sorte qu'elle soit ta priorité.

C'était là une bonne idée, du moins en théorie, mais il se connaissait mieux que quiconque. Il finirait par faire passer à nouveau son travail avant le reste. Ensuite, elle le quitterait et, au lieu de se morfondre, il se verrait heureux de ne plus avoir une vie de couple à gérer en plus de ses responsabilités professionnelles.

Néanmoins, pour la première fois, l'idée qu'une femme le quitte le fit tressaillir. Comment était-ce possible ? Cela ne faisait même pas deux jours qu'il se connaissaient.

C'est parce qu'elle est belle et sexy.

Il savait très bien que c'était des conneries. Il était sorti avec des tas de femmes ravissantes. Aucune, cependant, ne lui avait fait autant d'effet qu'Alexandra. Elle n'était pas comme les autres et Parker le savait.

Il ne pouvait qu'espérer que les prochains vingt-neuf jours ne passent pas trop rapidement.

CHAPITRE DOUZE

Parker

Dimanche matin, il se réveilla et décida d'omettre sa séance d'exercice quotidienne pour rester au lit jusqu'à sept heures. Il pensait avoir fait assez de cardio la nuit dernière pour être en mesure de se passer de son entrainement matinal. En outre, être allongé aux côtés d'Alexandra et de son corps sublime ne lui donnait guère envie de partir.

Il l'embrassa tendrement et glissa hors du lit afin de se faire un café et de travailler un peu avant de préparer le petit-déjeuner. Parker ne savait absolument pas si elle était du genre à se réveiller tard, il sourit donc à pleines dents en la voyant à la porte de son bureau moins de trente minutes plus tard. La jeune femme avait les cheveux en bataille et n'était vêtue que de la chemise que Parker avait portée la veille. Si le mot *sexy* pouvait être résumé en une image, c'était bien celle-là.

« Bonjour, dit-elle doucement.

- Bonjour, princesse. Tu as déjà bu un café ?

- Non, pas encore. Tu as nourri les chiens ? »

Merde, il n'y avait pas pensé. En toute franchise, il avait oublié jusqu'à l'existence des cinq lascars qui dormaient désormais sous son toit. Il devrait sans doute prendre l'habitude de les nourrir juste après le réveil.

Il se rattrapa avec une excuse bidon. « Je ne savais pas trop quelle quantité leur donner.

67

- Viens, dit-elle en esquissant un sourire endormi. Je vais te montrer. »

****

Xandra

Leur premier weekend ensemble avait dépassé toutes ses espérances. Parker était un homme tendre et attentif et il était raide dingue d'elle – il avait préparé le petit déjeuner, le déjeuner et avait appelé le traiteur pour le diner ; le tout entre des étreintes torrides et des conversations très profondes et intéressantes.

Ils avaient également passé du temps avec les chiens et elle lui avait expliqué comment être un maître digne de ce nom, chose qu'il semblait réellement vouloir comprendre.

Et, apparemment, il apprenait vite. Lundi matin, il avait laissé une petite note sur le plan de travail de la cuisine à son attention :

Bonjour, Alexandra,

J'ai beaucoup apprécié me réveiller à côté de toi, mais je voulais que tu reposes après notre petite leçon d'hier soir. Je pense rentrer à sept heures et j'aimerais qu'on mange ensemble si tu veux bien m'attendre.

J'ai nourri les chiens.

Je te souhaite une magnifique journée. À ce soir.

Bisous,

Parker

Elle trouvait ça intéressant qu'il ait signé Parker et non Papa, mais il lui avait bien précisé qu'il serait Parker en dehors de leurs petits jeux.

Et dieu qu'elle aimait jouer avec lui.

Cependant, au gré de leurs conversations, elle avait également découvert en lui un homme fascinant – et terriblement intelligent. Elle n'avait pas la moindre idée de la raison pour laquelle il l'avait choisie *elle,* pour s'amuser durant les trente prochains jours.

Enfin, ce n'était pas tout à fait vrai – elle savait exactement pourquoi il la voulait. Mais elle comprenait aussi pourquoi la relation avait une date de fin. Il était beaucoup trop bien pour elle. Alexandra était certes jeune et sexy, mais elle n'était bonne que pour une amourette d'un mois, guère plus.

Elle se prépara un café à l'aide de sa machine dernier cri et ferma les yeux en savourant son arôme avant de se diriger vers la douche à l'italienne aux multiples jets dont disposait la salle de bain. La maison du docteur était plus équipée qu'un bon nombre d'hôtels cinq étoiles et Alexandra était bien décidée à en tirer le maximum de plaisir afin de n'avoir aucun regret à la fin du mois.

****

Parker

Liam regarda Parker de travers lorsqu'il se présenta à leur déjeuner hebdomadaire.

« T'as l'air détendu. Je t'ai jamais vu comme ça. Qu'est-ce qui t'arrive ? »

Parker lui sourit. « Je suis resté chez moi dimanche. »

Liam le regarda d'un air suspicieux et secoua la tête. « Non, je sais que tu travaillais – j'ai eu un de tes e-mails. C'est pas ça – t'as déjà travaillé depuis chez toi et ça ne t'a jamais détendu comme ça. »

Parker savait qu'il avait un sourire idiot sur le visage. Il le sentait à chaque fois qu'il pensait à Alexandra. Sa petite lutine à la mèche bleue. Celle qui encaissait sa queue et ses ordres comme une championne – et avec le sourire.

« Tu t'es envoyé en l'air, mon salaud. »

Parker ne put s'empêcher de sourire jusqu'aux oreilles.

« Tout le weekend.

- Enfoiré. J'étais censé être le seul à avoir une telle nouvelle. Enfin, pour moi ça n'a pas duré tout le weekend... »

Il regarda son ami d'un air enjoué et lui dit : « C'est génial » avant d'examiner son visage. « Ouais, t'as l'air un peu plus détendu, maintenant que je regarde d'un peu plus près. Tu as mis la main sur la femme avec le cocker anglais ?

- Sa sœur, répondit-il en souriant. Elle nous a présentés.

- Et tu es maintenant l'heureux propriétaire d'un cocker anglais ?

- Eh bien, je peux dire que ne pas être propriétaire d'un cocker anglais n'est pas très représentatif de ma situation. »

Parker éclata de rire. « Qu'est-ce que tu me chantes ?

- Phoebe est chez moi à l'essai.

- Et ça se passe comment ?

- Bien. J'ai baisé hier soir et j'ai convaincu Utah de rester dormir pour m'aider ce matin. Et elle revient ce soir après le boulot.

- Utah ?

- M'en parle pas, dit-il en secouant la tête. Sa sœur s'appelle Dakota. »

Parker se tâtait à raconter en détail l'arrangement qu'il avait avec Alexandra. Mais, en toute honnêteté, Liam était la seule personne à qui Parker *pouvait* parler de ce genre de chose. Il lui raconta donc toute l'histoire.

Liam lui sourit et répondit : « Donc, je crois qu'aucun de nous deux ne travaillera tard ce soir. Il va falloir qu'on arrange nos emplois du temps – on ne peut pas partir à la même heure tous les soirs.

- C'est juste pour un mois. »

Les mots de Parker amusèrent son ami. « Bien sûr, champion. On y croit tous. »

Parker, sur la défensive, le fusilla du regard. « Et toi ?

- Eh bien, Utah ne vit pas chez moi, pour commencer. C'est un peu plus compliqué de *ghoster* quelqu'un quand tu vis avec la personne.

- Tu *ghostes* les femmes ?

- Dans ma jeunesse on appelait ça *ne pas rappeler*. Mais je parlais en réalité du fait qu'Utah ne *me* rappelle pas. »

Parker secoua la tête. « Ouah. Je pensais que t'étais plus doué que ça.

- Ferme-là. Je suis un as. Mais les caractéristiques dont les femmes raffolent habituellement – c'est-à-dire mon argent, mon boulot, mon statut social et ce qu'elle pense que je peux leur apporter en étant avec elles – ne marchent pas vraiment avec cette fille. »

Parker gloussa. Liam avait peut-être trouvé la bonne. Et si c'était le cas, il devait réclamer les jours où il prévoyait de rentrer plus tôt. « Je prends mercredi et vendredi pour cette semaine.

- Tous le monde part toujours à l'heure le vendredi.

- Pas moi. »

Liam leva un sourcil en souriant. « Personne ne te force à le faire, mon ami.

- Tu crois que cet hôpital peut fonctionner si on a tous les deux une vie en dehors du boulot ?

- Je crois qu'on va vite le découvrir.

- Enfin, ce sera que pour un mois, de toute façon. »

Son ami ne répondit rien, mis à part : « Pour un mois – ok d'accord. »

Mais penser à son retour dans les bras de la douce Alexandra rendit le reste de sa journée plus facile.

*

Il se força à respecter la limite de vitesse même s'il n'avait qu'une envie, rouler à toute allure pour la retrouver. Il lui avait dit qu'il rentrerait à sept heures, et il était nécessaire qu'elle comprenne qu'il travaillait tard. Tous les jours. L'habituer à ce qu'il rentre tôt ne ferait que lui poser des problèmes par la suite.

Il banda instantanément après avoir quitté le garage, se dirigeant vers la cuisine là où Alexandra préparait le diner – vêtue uniquement d'un crop-top et d'un short qui moulait son cul à la perfection.

« Salut, » dit-elle en se retournant, le sourire aux lèvres. Son haut se leva légèrement et laissa entrevoir la partie basse de ses nichons – et elle ne portait pas de soutien-gorge.

« J'espère que ça ne te dérange pas, poursuivit-elle en indiquant le wok que Parker était certain de n'avoir jamais utilisé, mais je l'ai trouvé dans un placard et j'ai eu envie de l'utiliser. »

Parker posa sa mallette sur le sol et marcha lentement en sa direction tout en desserrant sa cravate. Le dos de la jeune femme se trouvait maintenant face à lui et il glissa les mains sous son haut afin de lui pincer les tétons.

« Si tu m'accueilles tous les soirs dans cette tenue, je pourrais même manger du surgelé. »

Elle remua le cul contre son engin, mais continua de préparer le diner comme si de rien n'était.

« Tu es sur le point de te faire baiser sur le plan de travail, petite. »

Elle tendit le bras pour éteindre le feu et s'exclama d'une voix aux tonalités presque musicales : « Oh non, Papa. Pas sur le plan de travail ! J'ai passé tout ce temps à préparer le diner, je n'ai vraiment pas la tête à ça ! »

Sa petite fille voulait jouer, et Parker pourrait bien se prendre au jeu. Il glissa la main sous son short et passa un doigt sur son entrejambe. « Dans ce cas pourquoi es-tu déjà mouillée ?

- Est-ce que je suis mouillée, Papa ? Tu devrais sûrement me punir alors. »

Il plongea le majeur à l'intérieur de sa chatte tandis que l'autre bras maintenait la jeune femme contre lui alors qu'il lui agrippait un sein.

« Mais est-ce que te prendre par derrière sur le plan de travail suffirait à te punir, princesse ? »

Alexandra cambra le dos et son cul pressa un peu plus la bite de Parker. « Je ne sais pas trop... Tu devrais peut-être me donner des fessées aussi. »

Il enleva son haut d'un coup sec et la poussa sur le plan de travail en granit. Voir ses nichons écrasés contre la surface lisse le fit grogner bruyamment. Le docteur tira ensuite son short jusqu'au niveau des chevilles et la fit écarter les jambes – elle était complètement à sa merci.

Elle était si bonne qu'il sentait déjà la semence arriver dans son pantalon.

Parker lui frotta le cul tout en l'admirant, puis se mis à le frapper rapidement de manière répétée – d'abord la fesse droite puis la gauche et ainsi de suite. Il adorait la façon dont sa peau faisait des vagues après chaque impact. Ensuite, lorsque son cul arbora une jolie nuance de rose, il défit sa ceinture tout en murmurant à son oreille : « Demain, princesse, je vais t'appeler sur le chemin du retour et tu as intérêt à te tenir sur ce plan de travail, les jambes bien écartées, pour que je puisse avoir un hors d'œuvre avant le plat de résistance.

- Oui, Papa, » gémit-elle.

Parker donna un coup de rein et pénétra profondément dans ses entrailles chaudes et humides.

« Bonne fille. Tu t'es habillée comme une salope juste pour moi ?

- Oui, Papa. »

Il la baisa comme une chienne - rugissant à chaque fois qu'il rentrait en elle – puis se décida à jouer avec son clitoris jusqu'à ce que sa chatte lui comprime la bite à force de spasmes.

« T'es tellement bonne, princesse... Jouis sur ma queue, bébé. Fais-moi jouir avec toi. »

Alexandra se mit à hurler : « Oh mon dieu, oui ! » avant que sa chatte ne commence à trembler alors que son corps convulsait en-dessous du sien. Seulement cinq coups de reins séparèrent Xandra et Parker, et ce dernier lui agrippa fermement les hanches alors qu'il déversait sa semence au plus profond d'elle.

« Je suis contente que tu sois rentré, Papa, murmura-t-elle, la joue toujours contre le granit.

- Moi aussi, princesse. Moi aussi. »

****

Xandra

« Et voilà nos trois gaillards ! » dit-il en riant tandis qu'il ouvrait la porte de la buanderie et que Frank, Pepper et Zippy sortirent en trombe pour lui dire bonjour. Gus et Maggie sortirent plus lentement mais n'hésitèrent pas une seconde à lui faire la fête et Parker s'empressa de les caresser affectueusement. C'était bon signe.

« Quels sont tes horaires, cette semaine ? demanda-t-il.

- Mon emploi du temps est assez flexible et je peux accomplir la plupart de mes tâches ici. Les bureaux sont petits donc ils préfèrent que je travaille à distance.

- Il faut qu'on t'installe un bureau ici, alors.

- Ça va aller, dit-elle en secouant la tête. J'ai pu faire tout ce que je voulais depuis le patio et la table de la cuisine sans problème. »

Parker fronça les sourcils et fit mine de la contredire donc elle ajouta : « De toute façon, je ne suis là que pour un mois. Ce serait bête de te donner autant de mal. Une fois que tu auras tout fait installer, il sera temps que je m'en aille. »

Il fronçait toujours les sourcils, mais ne fit aucun commentaire. Au lieu de cela, il lui demanda : « Est-ce que tu pourras faire entrer l'entrepreneur mercredi ? Il va venir faire un devis pour la clôture et la porte.

- Bien sûr. Et j'ai aussi trouvé quelqu'un pour promener Gus et Maggie tous les jours, dès le mois prochain. Ils vont aussi nettoyer le jardin une fois par jour. Tu n'auras qu'à les nourrir et à jouer avec eux.

- Est-ce qu'ils peuvent commencer plus tôt ? Tu n'as pas besoin de faire les corvées et tes trois petits lascars te prennent déjà assez de temps. Tu n'es pas non plus obligée de promener Gus et Maggie.

- Ça ne me dérange pas. On pourrait aussi les promener ensemble quand tu rentres du travail. » Elle lui sourit tout en remuant le contenu de la poêle. « Je t'ai dit que je ferais en sorte qu'avoir ces chiens soit le moins pénible possible, et je n'ai qu'une parole. »

Parker mit les bras autour de sa taille et posa la tête contre son cou. Il prit une grande inspiration – s'imprégnant de son odeur – et recula d'un pas.

« Je ne suis pas sûr de n'avoir qu'une parole. »

Elle pencha la tête tandis qu'elle se retournait pour sortir les assiettes du placard. « Qu'est-ce que tu veux dire ? »

Il secoua la tête en souriant légèrement. « Rien, princesse. Rien du tout. »

Mais elle sentait qu'il ne lui disait pas tout et la peur commença à la gagner. En posant bruyamment les assiettes sur la table, elle demanda : « Est-ce que tu comptes changer d'avis pour Gus et Maggie à la fin du mois ? »

Parker sortit l'argenterie du tiroir et l'aida à mettre la table. « Non, bébé. Un marché est un marché. Je ne reviendrai pas là-dessus.

- De quoi est-ce que tu parles, alors ?

- Je te l'ai dit, Alexandra. Ce n'est rien. »

Elle n'en croyait pas un mot mais choisit de laisser tomber – pour le moment.

Si, néanmoins, il renvoyait Gus et Maggie au refuge, elle ne le lui pardonnerait jamais. Et elle prendrait sans doute des mesures drastiques pour se venger.

CHAPITRE TREIZE

Parker

Durant la première semaine passée ensemble, il avait été en mesure de rentrer à la maison vers sept heures du soir, sauf le mardi et le jeudi. Il avait en effet accepté de travailler plus tard ces soirs-là afin que Liam puisse profiter de sa nouvelle conquête. Mais la parfaite routine vola très rapidement en éclats dès la semaine suivante.

L'angoisse l'avait gagné à propos de la réaction qu'Alexandra aurait lorsqu'il raterait le diner et qu'il rentrerait bien plus tard que prévu – Parker s'était d'ores et déjà préparé à l'habituel ultimatum qu'il avait reçu maintes fois par le passé. Mais sa nouvelle compagne ne lui fit aucune remarque – pas une seule fois. Pas même après qu'elle avait préparé le diner et qu'il était arrivé plusieurs heures en retard. Parker lui avait dit, avant de partir, qu'il serait de retour à sept heures, puis l'appela à six heures cinquante-neuf après avoir réalisé qu'il ne rentrerait pas de sitôt.

« Est-ce que tu veux que je t'attende ? lui avait-elle gentiment demandé.

- Non, je vais prendre quelque chose à la cafétéria. Tu peux manger sans moi. » Le docteur se sentit tout de même coupable. « Je suis désolé, princesse.

- Pas besoin de t'excuser, tu m'avais prévenue. »

En effet, et elle lui avait assuré qu'elle appréciait avoir du temps pour elle – il doutait tout de même de la véracité de ses propos.

Après ce petit incident, ils décidèrent qu'Alexandra ne préparerait pas le diner avant que Parker ne l'appelle depuis sa voiture et que, s'il allait rentrer tard, il l'appellerait pour qu'elle mange sans lui.

Cela fonctionnait bien pour eux. La jeune femme ne se montrait pas distante et ne faisait pas mine d'être négligée – même si elle aurait eu de bonnes raisons de le faire. Au lieu de tout ça, elle se contentait de lui sourire quand il passait la porte, tous les soirs. Les deux amants discutaient puis baisaient ou se faisaient des câlins, parfois les deux – mais Parker était toujours heureux de la retrouver après une dure journée de travail.

« Demande-lui de s'installer définitivement chez toi, abruti, répondit Liam aux lamentations de Parker suite au départ prochain de sa petite lutine.

- Tu sais bien que je peux pas. Si elle résilie son bail et qu'on se sépare, elle devra trouver un propriétaire qui voudra bien loger trois chiens en plus d'elle.

- La séparation est donc inévitable, vraiment ?

- Écoute, je vais pas me voiler la face. Elle a vingt ans de moins que moi. Bien sûr, elle s'est amusée pendant un mois ; mais je suis certain qu'elle va vouloir retrouver la vie qu'elle avait avant et sortir avec des gens de son âge pour faire je-ne-sais-quoi. Et elle va bien finir par vouloir des enfants aussi.

- Et toi, tu veux pas d'enfants ?

- J'ai cru que j'en voulais. Mais je crois que le train m'est passé sous le nez. Enfin, merde quoi, j'approche la cinquantaine. Est-ce que je veux vraiment que mes enfants aient un *vieux mec* comme père ?

- Le vieux mec avec la femme sexy ? dit Liam en rigolant.

- Ma femme ? Tu délires complètement, là.

- D'accord, pas de mariage. » Il leva les yeux au ciel. « Mais je crois que, justement, être plus vieux te donne plus de moyens. Tu pourras offrir bien plus à un enfant comparé à un jeune diplômé. Et c'est pas vraiment comme si tu étais malade et décrépit. Qu'est-ce qu'un père plus jeune pourrait faire de plus que toi ? »

Parker prit un instant pour réfléchir à la question. « Je ne vois pas.

- Exactement, répondit son ami.

- Mais quand même... on a pris cette décision sur un coup de tête, vraiment. C'était censé être une amourette, rien de plus. Enfin, je suis assez vieux pour être son père.

- Et alors ? ça aurait peut-être été un problème il y a dix ans, mais maintenant vous êtes tous les deux majeurs et consentants, tout le monde s'en fiche de la différence d'âge. Tu veux que je te donne mon avis ?

- J'ai un peu peur de l'entendre, répondit Parker en soupirant.

- Je crois que tu cherches des excuses parce qu'au fond, c'est peut-être bien la femme de ta vie et t'as la trouille. »

Parker haussa les épaules, perdu. « Je sais pas. Elle m'a dit dès le début qu'elle ne tomberait pas amoureuse. Peut-être qu'on doit juste se séparer en bon termes.

- Je crois que t'es vraiment con. »

Liam avait sans doute vu juste, mais Parker voulait changer de sujet. « Vu que t'es un véritable Don Juan maintenant, dis-moi, comment va mademoiselle Douglas ? »

Liam embrocha sa salade à la manière d'un chasseur de baleine – même si le pauvre n'avait qu'une fourchette en guise de harpon.

« Je veux pas en parler. »

****

Xandra

« Je suis invité à un diner vendredi prochain, et j'espérais que tu m'accompagnes.

- Vendredi *prochain* ? je m'en vais ce weekend, tu te rappelles ?

- Est-ce qu'on pourrait remettre ça au weekend prochain ? »

Alexandra savait que si elle acceptait, elle ne ferait que repousser l'inévitable et qu'il lui serait encore plus difficile de le quitter après une autre semaine en sa compagnie. Mais elle ne voulait vraiment pas partir.

« D'accord, je peux rester là jusqu'au weekend prochain.

- Et comme ce n'était pas prévu, je paierai ton loyer pour le mois prochain. Je ne voudrais pas te déranger. »

Elle posa une main sur son avant-bras. « Parker, tu ne me déranges absolument pas, j'adore vivre ici avec toi. »

Il la regarda, l'air peiné. « Donc pourquoi tu ne... » Le docteur s'interrompit brutalement et secoua la tête.

« Pourquoi quoi ? »

Demande-moi de rester, s'il te plaît.

Parker prit une grande inspiration et lui sourit poliment.

« Pourquoi tu ne me laisserais pas payer ton loyer ? Ça me ferait plaisir.

- Je peux le payer moi-même, j'ai les moyens. Je n'ai eu aucune dépense depuis que j'ai emménagé ici.

- Bien sûr que tu peux. Ça me ferait juste plaisir de le faire. » Il sourit et lui donna un clin d'œil ravageur dont lui seul avait le secret.

« Pense à toutes les choses que tu pourras acheter aux chiens du refuge avec l'argent économisé.

- Ils vivent déjà comme des rois avec le don que tu leur as fait. »

Alexandra avait eu le souffle coupé quand elle avait mis la main sur la liste des donateurs afin de leur envoyer des lettres de remerciements. Elle avait prévu de le remercier à sa façon – sa peau contre la sienne – mais il avait dû travailler tard ce soir-là et était rentré complètement épuisé.

Un sourire se dessina au coin de sa bouche et elle mit la main sur son entrejambe.

« Je ne t'ai toujours pas remercié pour ça, d'ailleurs.

- Si j'étais honnête, je dirais que tu m'as remercié en avance dans la réserve. » Parker posa la main sur son cou et la tira assez près pour qu'il puisse lui murmurer : « Mais je suis un vilain garçon quand il s'agit de toi. Montre-moi comment tu comptes me remercier, princesse. »

Le sourire aux lèvres, Xandra poussa Parker par les épaules jusqu'à ce qu'il tombe sur une chaise, puis elle se mit à genoux entre ses jambes. Elle le regarda dans les yeux tout en déboutonnant son pantalon et en tirant lentement sur sa fermeture éclair avant de se lécher les lèvres de façon très suggestive.

« Tu as réalisé un don *très* généreux, Papa, dit-elle en libérant sa queue de son caleçon. Je vais te remercier pendant toute la semaine. »

****

Parker

Il ferma les yeux pour ne pas tout lâcher au moment où les lèvres de sa petite lutine se refermèrent autour de lui. Dieu qu'elle était bonne.

Il avait essayé de trouver un moyen afin qu'elle puisse rester plus longtemps. Le diner lui avait donné une semaine de répit – c'était reculer pour mieux sauter, mais il s'en inquiéterait le weekend *prochain*. Ce weekend, elle n'irait nulle part et c'est tout ce qui lui importait.

Enfin, ça et la pipe incroyable qu'elle était en train de lui tailler. Et il aurait ensuite tout le loisir de plonger la tête entre ses cuisses fermes et sexy. Il ne penserait pas plus loin que ça.

C'était peut-être idiot de sa part mais il préférait y penser comme à un mécanisme de défense. S'il se projetait trop loin dans le futur, Alexandra finirait par le quitter – et ça lui faisait énormément de mal.

Il ne ressentait aucun soulagement comme il avait pu par le passé. Un trou béant dans le cœur, voilà ce qu'elle lui laisserait.

Les mains de Parker se baladèrent dans ses cheveux et il la regarda. La tête d'Alexandra se balançait sur sa queue de haut en bas alors qu'elle le regardait droit dans les yeux.

Merde. Ça allait mal finir.

Enfin, *ça* – ce qu'elle faisait subir à son engin – allait *très bien* finir. Mais ne plus l'avoir dans sa vie... ça allait lui faire très mal.

Et puis zut. Il n'allait pas s'en préoccuper pour le moment. Il avait une autre semaine à apprécier.

CHAPITRE QUATORZE

Xandra

Elle suivait les panneaux indiquant les *Bureaux de l'Administration*. Ces derniers se faisaient rare et étaient assez éloignés les uns des autres – Alexandra avait l'impression que tout avait été fait exprès. On ne pouvait les trouver que si l'on savait précisément où chercher. Sans doute pour tenir le tout-venant à l'écart.

Heureusement pour elle, Xandra n'eut aucun mal à faire les yeux doux à un homme plutôt séduisant vêtu d'une blouse et lui demanda son chemin. Il se trouva heureux de pouvoir lui venir en aide.

Elle traversa ensuite une large porte en bois sur laquelle on pouvait lire *Administration*. Elle rectifia sa posture et bomba le torse pour ensuite partir à la recherche du bureau du chef du personnel.

Elle le trouva au bout d'un long couloir. Une belle femme guindée était assise derrière un bureau situé juste devant une porte sur laquelle figurait une plaque : *Dr. Preston Parker*. Alexandra oubliait parfois l'importance de son amant et le fait qu'il soit également docteur.

Une autre femme, qui portait des talons et un costume visiblement hors de prix, était assise les jambes croisées sur l'une des chaises qui constituaient la petite salle d'attente et cette dernière la dévisagea pendant un instant. Son expression en disait long sur ce qu'elle pensait de la jeune femme à la mèche bleue et aux ballerines couleur chair.

« Puis-je vous aider ? » demanda la femme assise au bureau. Une plaque était également posée sur son bureau : *Helen Farnsworth.*

Xandra lui sourit poliment. Elle se sentait un peu mal à l'aise face à ces deux femmes aux allures très professionnelles, elle qui ne portait qu'une robe d'été bleu turquoise aux bretelles aussi fines que des spaghettis – et son chignon style coiffé-décoiffé n'arrangeait rien.

« Bonjour. Je suis là pour voir Parker.

- Avez-vous un rendez-vous ? »

Elle se balança et ferma les poings, frustrée. « À vrai dire, non. Je passais juste dans le coin et je voulais voir s'il avait le temps de déjeuner.

- Il n'a *pas* le temps. *J'ai* rendez-vous avec lui ce midi. » rétorqua la femme aux talons depuis sa chaise.

Xandra lui sourit poliment – elle ne voulait pas faire du tort à Parker en lui adressant une remarque désobligeante. « Bien sûr. J'étais juste dans les environs et... »

La porte s'ouvrit et Parker sortit accompagné d'un homme qu'elle avait déjà vu lors du gala. Le docteur la remarqua et un grand sourire se dessina sur son visage.

« Ma chérie ! Quelle magnifique surprise ! » Il se pencha en avant pour lui faire la bise et s'empressa de lui caresser tendrement le bras. « Qu'est-ce que tu fais là ?

- Eh bien, je faisais quelques courses et... »

- Tu as trouvé une robe pour vendredi ?

- Oui.

- Parfait. J'ai hâte de la voir. » Il fit un geste en direction de l'homme à côté de lui. « Tu te souviens de Liam ? Il était au gala. Liam, je te présente Alexandra. »

La jeune femme tendit la main. « Je suis ravie de vous revoir. Je crois que vous hébergez notre petite Phoebe. Est-ce que tout va bien ? »

Liam lui serra la main et sourit. « Eh bien, maintenant que vous le dites, j'ai besoin d'un peu d'aide. Quelques visites supplémentaires de la part de bénévoles pourraient me rendre la vie plus facile. Peut-être qu'Utah Douglas accepterait de venir me voir ? »

Alexandra pencha la tête. « Je connais *Dakota* Douglas, mais pas d'Utah.

- Il s'agit de la sœur de Dakota. C'est elle qui a amené Phoebe à la maison en réalité, avant de me laisser tomber au moment où j'avais le plus besoin d'elle.

- Ah, dit-elle en fronçant les sourcils. Je suis vraiment navrée. Je vous enverrai quelqu'un qui...

- Il faut envoyer Utah, ma chérie. » Parker la regarda avec un air insistant et elle ne tarda pas à lire entre les lignes. Elle acquiesça en esquissant un léger sourire et dit : « Bien sûr, je vais voir ce que je peux faire. »

Helen avait entre-temps fait le tour du bureau, arborant un sourire chaleureux et prit les deux mains de la jeune femme dans les siennes.

« Alors, c'est *vous,* Alexandra ? Oh, ma chère, c'est un plaisir de faire enfin votre connaissance. »

Elle sourit nerveusement – comment diable cette femme la connaissait-elle ? « Bonjour. Tout le plaisir est pour moi. »

Parker posa une main sur son épaule. « Tu as déjà mangé ?

- Eh bien, non. En fait, je suis passée pour voir si tu voulais déjeuner, mais tu as déjà un rendez-vous de prévu alors... »

Le docteur jeta un œil en direction de la femme aux talons pour la première fois, comme s'il venait de se rendre compte de sa présence.

« Ah, oui. Je peux décaler ça...

- J'ai pris rendez-vous il y a plus d'une semaine, Parker. Je dois te parler. »

Il esquissa un sourire très tolérant – le genre de sourire qu'il réservait aux serveurs qui avaient commis une erreur dans sa commande ou aux gens qui lui tapaient sur le système.

« Bien sûr, Addison. Viens dans mon bureau et dis-moi ce qui se passe, dit-il en indiquant la pièce derrière lui avant de se reconcentrer sur Alexandra. Est-ce que tu peux attendre vingt minutes ? »

La dénommée Addison se rendit dans la pièce, accompagnée d'une démarche hautaine. « Quel festival de couleur. » Ce n'était bien entendu pas un compliment pour la pauvre mèche d'Alexandra. Cette dernière lui jeta un regard, puis ses yeux se posèrent à nouveau sur Parker – qui n'avais pas l'air d'avoir entendu son commentaire mesquin.

« Je peux attendre, mais je ne veux pas ruiner ton après-midi. »

Parker se tourna vers Helen. « Quel est le programme pour le reste de la journée ? »

La secrétaire jeta un œil à son planning. « Je vais repousser Harry à deux heures et Jacob à trois heures avant de tout réorganiser. Vous êtes libre jusqu'à deux heures. »

Parker fit un clin d'œil à Xandra. « J'en ai pour une seconde. Je vois ce qu'elle me veut et... » Il indiqua le bureau du regard. « Et on pourra manger ensemble. »

Il ferma ensuite la porte et Xandra se tourna vers Helen, déjà de retour derrière le bureau.

« Je ne voulais vraiment pas changer son emploi du temps. Je suis désolée de vous déranger autant. »

La secrétaire décrocha le téléphone et composa un numéro.

« Ne dites pas de sottises. Pour vous, ma chère, ça ne me dérange pas le moins du monde. Vous êtes un ange et je ne sais pas comment le Dr. Preston ferait sans vous. » Elle communiqua ensuite avec la personne à l'autre bout de la ligne.

Moi ? Un ange dont il ne pourrait pas se passer ?

Et elle qui avait pensé que c'était tout le contraire.

****

Parker

Voir Alexandra dans son bureau l'avait rendu fou de joie – il avait même été en mesure d'écouter Addison Hall se plaindre d'un manque de respect présumé d'une autre infirmière à son égard sans le moindre souci.

Il tenait la main de sa lutine à la table de son restaurant préféré, le regard perdu dans le sien.

« C'est vraiment une belle surprise.

- En parlant de surprises... » La jeune femme le fit redescendre sur Terre d'un regard et elle pinça les lèvres tout en retirant la main de la sienne. « Je suis allée payer mon loyer aujourd'hui. »

Parker fit semblant de ne pas comprendre. « Ah bon ?

- Imagine la surprise que j'ai eu d'apprendre qu'il avait déjà été payé. *Jusqu'à la fin du bail.*

- Euh. Je me demande comment ça a pu arriver. »

Alors même qu'elle croisait les bras et qu'elle essayait de le fusiller du regard, un léger sourire pouvait se lire au coin de sa bouche.

« Parker, pourquoi tu as fait ça ?

- Parce que j'en avait envie et que j'en ai les moyens.

- Mais *pourquoi* ? »

En vérité, il ne le savait pas lui-même. Il n'avait eu l'intention de ne payer qu'un mois mais il avait soudainement demandé au propriétaire dans combien de temps le bail expirait – et sous quelles conditions elle pourrait partir.

Lorsqu'il avait découvert le montant du loyer et qu'il ne lui restait que six mois – et aussi qu'elle ne pouvait pas résilier le bail avant la fin – il décida de tout payer. Au cas où elle déciderait de partir plus tôt *pour une raison ou pour une autre.*

Il savait très bien au fond de lui quelle était la *raison* qu'il espérait ; il n'y avait simplement pas encore réfléchi. En outre, il ne savait pas ce qui allait se passer entre eux après ce weekend. Il devait donc absolument taire ses réelles intentions.

Il haussa les épaules. « Je ne sais pas, bébé. Je veux juste te gâter un peu. Je ne crois pas en avoir fait assez pendant un mois.

- Tu plaisantes ? T'as pas arrêté. Les cadeaux, les diners aux chandelles, la révision de ma voiture, la femme de ménage *et* quelqu'un pour nettoyer le jardin, le bureau que tu as installé... Tu m'as vraiment traitée comme une princesse.

- Des cadeaux ? Quels cadeaux ? À chaque fois que j'ai suggéré d'aller faire les boutiques, tu voulais faire autre chose.

- Oh, arrête voir. Mes idées étaient bien plus amusantes, tu le sais très bien. »

Ses idées s'étaient *en effet* révélées bien plus amusantes et elles se terminaient toujours, bizarrement, par une partie de jambes en l'air – ce qui n'avait pas été pour lui déplaire.

« Et tu m'as aussi offert pleins de cadeaux sans qu'on ait à faire les boutiques. »

Parker pencha la tête. « Comme quoi ?

- Les fleurs, la figurine en céramique de Pepper, le sac à main, toutes ces magnifiques choses que tu m'as données. Elles comptent beaucoup pour moi. Je me suis sentie très spéciale en ta compagnie. »

Il avait vu la figurine dans la vitrine de la boutique de souvenir de l'hôpital – elle ressemblait drôlement à Pepper – et l'avait achetée sur un coup de tête. Et le sac à main était apparu sur son portable après que l'appareil avait entendu leur conversation. Cela avait été un cadeau facile... et non le genre de cadeau qu'il aurait réellement voulu lui faire. En ce qui concernait le reste, il s'agissait simplement du confort que lui apportait sa maison. Quand il avait découvert qu'elle travaillait surtout à distance – depuis la table de la cuisine, pour être exact – il transforma la chambre d'ami en bureau pour elle. Cela n'avait pris qu'une journée et Helen avait tout organisé. Tout ce qu'il avait fait se résumait à signer un chèque.

« Eh bien, je voulais en faire un peu plus pour ma princesse, donc dis simplement *merci*. » Un sourire mesquin se dessina sur son visage et il lui fit un clin d'œil. « Et chevauche ma queue aussi, pourquoi pas. »

Parker sentit le pied d'Alexandra se glisser sous son ourlet et lui caresser la cheville alors qu'elle ronronnait : « Je serais ravie de te chevaucher, Papa – n'importe quand. Tu n'as pas besoin de m'acheter quoi que ce soit. »

Parker prit sa main dans la sienne. « Je sais, bébé. Mais j'aime bien te gâter. Laisse-moi faire, d'accord ? »

Elle acquiesça, mais garda le pied collé à sa jambe durant tout le repas.

CHAPITRE QUINZE

Xandra

Elle n'avait pas vraiment su quoi penser lorsqu'elle avait appris que Parker avait payé son loyer. Elle lui était reconnaissante, bien sûr, mais elle ne pouvait s'empêcher de voir son geste comme un cadeau d'adieu. Leur relation arrivait à sa fin et c'était la manière de Parker de la remercier.

La tristesse se mêlait à la colère au sein d'Alexandra. Le docteur s'était peut-être acheté une bonne conscience, mais elle aurait tout de même le cœur brisé.

Néanmoins, elle se rendait compte qu'il ne lui devait rien et que, en réalité, ce qu'il avait fait s'était révélé incroyablement généreux – comme tout ce qu'il avait fait pour elle depuis le début.

Les deux amants s'étaient mis d'accord pour un mois. Enfin, cette durée avait techniquement été étendue à cinq semaines mais Parker ne lui avait rien promis en dehors d'adopter Gus et Maggie et de ne pas tomber amoureux d'elle – chose pour laquelle *Alexandra* avait lourdement insisté.

Hélas, elle avait enfreint sa propre règle. Mais comment aurait-elle pu faire autrement ? Parker était un homme bon et généreux, son Papa dans l'intimité et son égal dans la vie de tous les jours. Même s'il gagnait bien mieux sa vie qu'elle, il ne s'était jamais comporté comme si elle lui devait quelque chose. Enfin, il voulait tout de même qu'elle chevauche sa queue – chose qu'elle appréciait de toute façon. Et il avait formulé une telle requête uniquement car il savait que ce genre de jeu l'excitait.

Ce mois passé ensemble avait été parfait. Peut-être que tout cela n'était dû qu'au caractère éphémère de leur relation. S'entendraient-ils aussi bien en sachant qu'ils devraient vivre ensemble pour une durée indéterminée ?

« Est-ce qu'on peut sortir ensemble ? » lâcha-t-elle jeudi soir pendant le diner.

Parker pencha la tête - manifestement confus – et Alexandra ne tarda pas à approfondir.

« Après mon départ, on pourra toujours se voir ? »

Parker posa sa fourchette et la regarda, l'air pensif.

« Tu te souviens de ta règle ? Ça risque de devenir compliqué si on se revoit. »

Xandra déglutit péniblement, c'était maintenant ou jamais.

« Les règles sont faites pour être enfreintes, non ? »

Le docteur porta le pouce contre le coin de sa bouche et la regarda droit dans les yeux, un sourire se dessinant lentement sur son visage.

« On dirait bien, puisque je l'ai enfreinte il y a... » Il regarda rapidement sa montre. « Trente-cinq jours. »

La jeune femme sentit son cœur battre à tout rompre et murmura : « Qu'est-ce que tu dis ? »

Il tira sa chaise pour qu'elle soit directement assise en face de lui avant de prendre ses mains dans les siennes.

« Ce que je dis, Alexandra Rae Collins, c'est que je me fiche de ta règle. Je crois que je t'aime et je veux étendre notre petit arrangement de manière permanente. »

Le soulagement envahi soudainement Xandra alors même qu'elle avait les larmes aux yeux. « Je crois que je t'aime aussi. »

Parker la mit sur ses genoux et l'embrassa tendrement avant d'essuyer ses larmes avec le pouce. « Oh, ma belle princesse aux cheveux bleus... ne pleure pas, bébé. C'est une bonne nouvelle. »

Alexandra se mit à rire alors que les larmes coulaient de plus en plus sur ses joues. « Une si bonne nouvelle. »

Le docteur la prit dans ses bras et la porta à la manière d'une jeune mariée en direction de la chambre.

« Le diner va être froid, taquina-t-elle innocemment.

- On commandera quelque chose. Pour le moment, on a une affaire à régler.

- C'est-à-dire ?

- Je dois te faire l'amour et officialiser notre arrangement. »

Te faire l'amour. L'idée même fit ses doigts de pieds se recourber. Elle adorait quand il était son Papa, dominant et autoritaire – mais qu'il lui fasse l'amour... elle était impatiente de découvrir comment c'était.

Et en fin de compte, c'était incroyablement bon.

****

Parker

Sa belle Alexandra restait.

C'était comme si un poids immense – un poids dont il n'avait même pas eu conscience – lui avait été ôté des épaules et qu'il pouvait enfin respirer à nouveau.

Il ne s'était jamais autorisé à lui faire l'amour. La chose la plus proche qu'ils avaient partagée était des câlins. Lui faire l'amour avait paru trop dangereux au docteur – baisser sa garde et jouir du corps d'Alexandra l'aurait rendu trop vulnérable. Mais il allait maintenant pouvoir le faire sans se retenir une seconde de plus.

Parker posa la jeune femme sur le tapis somptueux à côté du lit et emprisonna ses lèvres dans les siennes. Il prit son temps pour explorer sa bouche et sa bite se raidit encore un peu plus alors que leurs langues se rencontrèrent. Elle gémit légèrement avant d'envelopper les bras autour de son cou et de presser sa poitrine généreuse contre son torse.

« Enlevons tout ça, » suggéra-t-il en soulevant l'ourlet de la robe patineuse couleur bleu royal qu'elle portait. Elle lui sourit timidement et enleva ses baskets blanches avec ses pieds avant de lever les bras afin qu'il puisse la déshabiller plus facilement – révélant ainsi un soutien-gorge de sport et un string noirs. Parker se débarrassa rapidement du soutien-gorge, le faisant tomber à côté de la robe.

« Tu es si belle, » grogna-t-il alors qu'il se délecta se ses seins nus. C'en était presque douloureux de la regarder – elle était si bonne que sa bite était devenue dure comme de la pierre.

Alexandra, confiante, fit un pas en avant et embrassa Parker dans le cou tout en déboutonnant sa chemise. Quand elle eut terminé, elle l'ouvrit et ses mains remontèrent le long de son torse.

« Dr. Preston, » murmura-t-elle, les lèvres contre sa peau. « C'est vous qui êtes beau. » Il sentit sa ceinture se défaire, puis les boutons de son pantalon, et enfin sa fermeture éclair s'ouvrir alors qu'elle ajoutait : « À l'intérieur comme à l'extérieur. »

Xandra glissa la main dans son caleçon et il sentit le sourire qu'elle avait sur les lèvres alors qu'elle caressait son engin. « Et ce que je tiens dans la main n'est pas mal non plus. »

Le docteur toucha son entrejambe et le trouva trempé – comme il s'y était attendu. « Cette petite chatte délicieuse lui va comme un gant aussi. » Ses doigts plongèrent en elle et firent quelques allers-retours avant qu'il ne tire sa culotte jusqu'aux chevilles et la soulève pour ensuite la poser sur le lit. « J'ai faim et j'ai besoin que tu me régales, bébé. »

Elle laissa ses genoux s'écarter et il se glissa entre ses jambes avant d'enrouler les bras autour de ses cuisses. Il ne perdit pas un instant et plongea la langue dans sa ruche afin d'en déguster le miel.

« Putain, princesse. Tu as si bon goût, » grogna-t-il tandis qu'il léchait son entrejambe.

Alexandra planta ses doigts dans ses cheveux lorsque sa langue se mit à faire des cercles autour de son clitoris et qu'un doigt s'introduisit en elle. Au moment où elle se cambra au-dessus du lit tout en gémissant bruyamment, Parker inséra un doigt de plus.

Il sentit un coup sec porté à ses cheveux et leva les yeux dans la direction d'Alexandra alors que ses doigts s'arrêtèrent.

« Je croyais que tu allais me faire l'amour. »

Parker ne put s'empêcher de sourire. « Je vais le faire. Après t'avoir fait jouir. »

Alexandra secoua la tête. « Je veux qu'on jouisse ensemble – et que nos corps ne fassent qu'un.

- Tu en demandes beaucoup, bébé.

- Ne t'inquiète pas, » répondit-elle en souriant.

Il lui fit un clin d'œil. « Mais je pense être à la hauteur. »

****

Xandra

Il la regarda droit dans les yeux tandis que sa queue entra en elle et ils gémirent tous deux à l'unisson. Parker posa son front contre le sien, les yeux fermés, et resta immobile, niché au fond de ses entrailles, comme s'il essayait de savourer cet instant – ou comme s'il essayait de se retenir ; Alexandra n'arrivait pas à savoir.

« Tu es tellement bonne, bébé. »

Elle passa délicatement les ongles sur son dos, de haut en bas, et murmura : « Toi aussi. »

Il ouvrit enfin les yeux et examina son visage avant de poser ses lèvres contre les siennes. Alexandra sentit son propre goût sur sa langue et lâcha un grand soupir dans la bouche du docteur lorsqu'il approfondit son étreinte et que ses hanches se mirent en mouvement.

Ses coups de reins étaient tendres et intenses, et la jeune femme se courbait pour mieux les recevoir. Le docteur la regarda – l'amour se lisait dans ses yeux – et balaya les cheveux de son visage avant d'embrasser à nouveaux ses lèvres.

Elle poussa ses épaules pour le faire rouler sur le dos afin de pouvoir le chevaucher. Maintenant qu'elle était aux commandes, elle bougea plus vite et avec plus de force.

Elle vit ses abdos se contracter lorsqu'il se releva et prit sa tête entre ses mains avant de l'embrasser intensément. Sa langue plongeait dans la bouche de Xandra au rythme de la folle cavalcade à laquelle elle se livrait sur sa bite.

La façon dont Parker la vénérait presque était terriblement sexy. Il la touchait comme si elle était en sucre et elle se sentait aimée – adorée, même. Ils étaient bel et bien en train de faire l'amour ; elle n'avait jamais vécu une telle expérience. Xandra ne s'était jamais sentie suffisamment proche d'un homme pour vouloir se donner à lui comme elle le faisait maintenant.

Alexandra relâcha toutes ses émotions dans ce baiser, alors que son corps commençait à fatiguer. Ses muscles se raidirent alors qu'elle sentait l'orgasme arriver dans son ventre.

Parker brisa leur étreinte et dit doucement : « Tu vas bientôt jouir, bébé ? » alors qu'elle le chevauchait de plus en plus vite.

« Ouiii » répondit-elle plaintivement en se redressant, les yeux fermés et les mains sur sa taille afin de se balancer contre lui. Mais soudain, une pensée arriva dans son esprit et arrêta presque complètement l'orgasme qui se préparait à déferler sur son corps. Alexandra jeta un regard vers Parker.

« Et toi ? »

Le docteur sourit et se mit à caresser son clitoris. « Ne t'inquiète pas pour moi, princesse. Je vais jouir avec toi. »

La respiration de la jeune femme accéléra tandis qu'elle gémissait : « Oui ! » à mesure que l'orgasme montait en elle ; puis elle hurla enfin : « Oh mon dieu ! » avant de tomber en avant, le corps tremblant.

Parker lui agrippa fermement les hanches et rugit bruyamment trois coups de reins plus tard. Il la maintint contre lui, profondément ancré en elle tandis que sa semence se déversaient dans ses entrailles.

Son corps entier se détendit contre le matelas et il prit une grande inspiration, avant de laisser échapper un long soupir.

« Waouh, » dit Alexandra en souriant légèrement, les yeux rivés sur lui et le menton posé sur son torse.

Il lui caressa les cheveux et lui rendit son sourire. « Waouh, ça on peut le dire. »

CHAPITRE SEIZE

Parker

« Je ne sais pas lequel je préfère – le Papa Tendre ou le Papa Dominateur. »

Les deux amoureux prenaient le petit-déjeuner ensemble avant que Parker ne se rende à l'hôpital. Elle avait enfilé un de ses T-shirts blancs à peine sortie du lit et ses cheveux n'étaient pas encore coiffés. Elle était tout bonnement adorable.

Le docteur se délecta de son apparence mais demeura silencieux en sachant qu'elle n'avait pas terminé. Alexandra, un genou plié sous la jambe, agitait sa fourchette dans les airs.

« Enfin, le contraste est plutôt fort mais je les aime tous les deux. Ton côté tendre me fait me sentir précieuse, mais ton côté dominateur me fait me sentir désirée – et un peu coquine.

- On peut très bien associer les deux, princesse.

- Génial, parce que j'aime bien être une vilaine fille avec toi – et même que tu me punisses. » Elle trempa sa gaufre dans le sirop qu'il y avait dans son assiette et dit doucement : « Mais j'ai senti un lien très fort entre nous hier soir. »

La jeune femme fit un huit avec sa gaufre à travers le sirop et l'engloutit avant de poser le regard sur Parker.

« Moi aussi. Je n'ai jamais ressenti ça auparavant.

- Jamais ?

- Jamais, » répondit-il en secouant la tête.

Elle se leva de sa chaise et vint se poser à califourchon sur lui avant de passer les bras autour de son cou. « Jamais *jamais* ? »

Le tissu très fin de sa culotte ne constituait qu'un faible rempart entre eux alors qu'elle se trémoussait contre sa queue. Parker pouvait sentir la chaleur qui émanait d'elle à travers son pantalon et ce dernier ne tarda pas à devenir un véritable chapiteau.

« Jamais jamais. Pas une seule fois.

- Ça doit vouloir dire que je suis spéciale, » fredonna-t-elle.

Il posa les mains sur ses fesses. « Bébé, tu n'as aucune idée d'à quel point tu es spéciale pour moi.

- Tu devrais peut-être me le montrer ce soir, *Papa de l'Année.* »

Ils resteraient à l'hôtel dans lequel se tenait le diner. Parker était l'invité d'honneur – se voyant remettre le titre de 'La Personne de l'Année' au sein de l'hôpital. Il avait commis l'erreur de lui en faire part et elle l'avait surnommé ainsi depuis.

« Ça fait donc de toi la Princesse de l'Année. Et ne t'inquiète pas, j'ai prévu quelque chose pour ton cul ce soir.

- Mon cul ? »

Les lèvres du docteur s'approchèrent de son oreille. « Papa va t'enculer ce soir, princesse, entre autres choses.

- Entre *autres* choses ? » couina-t-elle, même si ses tétons se raidirent sous son T-shirt blanc.

« Surtout si tu as été une vilaine fille. »

Le sourire diabolique d'Alexandra lui indiqua tout ce qu'il devait savoir. Sa petite peste allait faire une apparition ce soir et il était impatient d'y être.

Il l'embrassa sur le front et lui tapota les fesses pour qu'elle le laisse partir au travail.

« Tu peux te rendre à l'hôtel à trois heures. La réservation est aussi à ton nom donc il ne devrait pas y avoir de problèmes. Je te rejoindrai à cinq heures, au plus tard.

- À quelle heure ça commence ?

- Le cocktail commence à cinq heures, mais... » Il lui fit un clin d'œil en souriant. « On peut se permettre d'être un peu en retard.

- Stuart viendra à trois heures pour promener les chiens, donc je lui expliquerai rapidement où se trouve leur nourriture et je m'en irai. »

Il prit sa mallette dans une main et pinça un de ses tétons avec l'autre avant d'embrasser Alexandra sur le front.

« À ce soir, vilaine fille. »

****

Xandra

« Et voilà ! » s'exclama Monica, sa styliste, en faisant pivoter la chaise afin qu'Alexandra puisse se voir dans le miroir.

« J'adore, dit-elle en faisant rebondir ses cheveux bouclés.

- Mais... ?

- Pas de mais. La coupe est parfaite. J'ai vraiment l'air d'une femme raffinée.

- Mais... ? »

Xandra sourit tristement et balaya sa frange, devenue complètement blonde. « Ma mèche bleue va me manquer. C'était un peu ma signature, tu vois ?

- La bonne nouvelle c'est, » commença Monica en enlevant la cape protégeant ses habits dans un mouvement théâtral. « Qu'on peut facilement la faire revenir. » Elle fit un geste en direction de la porte. « Va jouer les femmes élégantes et reviens quand tu voudras à nouveau un peu de bleu dans ta vie.

- Merci. »

Xandra *allait* être une femme élégante ce soir. Une femme suffisamment distinguée pour être vue au bras de la Personne de l'Année.

CHAPITRE DIX-SEPT

Xandra

Parker : Merde, bébé. Je suis en retard. Je vais me changer au bureau. Est-ce que tu peux me retrouver à la salle de bal à 5h45 ?

Xandra : Je serai la blonde sexy avec la robe bleu ciel.

Parker : Et avec la mèche bleue.

Elle ne le corrigea pas – elle ne l'avait pas prévenu de ce petit changement capillaire. Mais depuis que cette sorcière d'Addison avait répandu son venin en critiquant ses cheveux, elle avait décidé que, si elle allait devenir la petite-amie du chef du personnel, elle devait essayer d'être à la hauteur. La différence d'âge allait à elle seule se révéler assez outrageuse – elle n'avait pas besoin d'une mèche bleue en prime.

*

« Vous travaillez à l'hôpital ? » lui demanda en souriant une femme un peu plus âgée alors que Xandra se servait un verre de punch.

« Non, je travaille à l'Animal Rescue Foundation de Boston. Je suis juste là pour voir le Dr. Preston recevoir sa récompense.

- Sylvia Gomez, dit la femme en tendant la main. Enchantée de faire votre connaissance. Comment connaissez-vous Parker ?

- Xandra Collins, répondit-elle en lui serrant la main. C'est un... un ami. »

Elle déglutit péniblement lorsqu'elle entendit la voix de Parker derrière elle. « Je pense qu'Alexandra minimise modestement les sentiments que j'éprouve à son égard. » Même s'il souriait poliment quand Xandra se retourna, le ton de sa voix ne laissa aucun doute à la jeune femme. Il n'était pas content de ce qu'il venait d'entendre.

Sylvia esquissa un grand sourire – et qui pourrait la blâmer ? Dieu qu'il était élégant dans ce smoking.

« Vous êtes malin, Parker, déclara-t-elle en lui caressant le bras et en penchant la tête en direction de Xandra. C'est une perle. »

Le docteur lui fit la bise puis posa son regard sur Alexandra, figée comme une statue.

« Vous ne croyez pas si bien dire. »

Elle savait qu'il n'appréciait pas la manière dont elle avait décrit leur relation et elle savait qu'elle n'échapperait pas à une punition.

Même si ladite punition était très attrayante, elle détestait qu'il soit déçu de son comportement.

Sylvia s'en alla ensuite, laissant Parker et Alexandra côte à côte. Le docteur respirait la nonchalance, une main dans la poche, l'air détaché – mais les mots qu'il lui glissa à l'oreille lui donnèrent des frissons.

« On dirait que tu as oublié à qui tu appartiens. »

Elle fixa le sol et murmura : « Je n'ai pas oublié, Papa. Je pensais juste à ta... ta réputation.

– En dévalorisant notre couple ?

– C'est pas ce que... » Elle fit une pause, prit une grande inspiration et recommença. « Ce n'était pas mon intention, Monsieur.

– Et qu'est-ce que tu as fait à tes cheveux ? »

Elle toucha instinctivement l'endroit où sa mèche bleue se trouvait auparavant. « Je leur ai rendu leur couleur d'origine.

– Pourquoi ?

– J'ai cru que je devais... essayer d'être plus élégante. »

La mâchoire de Parker se tendit. Alexandra avait quelque peu perdu ses moyens, mais des frissons d'excitation lui parcouraient le corps.

« Monte dans la chambre. Garde ta robe et ces putains de talons sexy, et prépare ton cul pour mon arrivée. Je te veux penchée au-dessus du lit avec ta robe à la taille et le cul bien écarté, prête à te faire baiser à la seconde où je passe la porte. »

Xandra déglutit et chuchota : « Oui, Papa. »

Parker se pencha un peu plus près et lui pinça discrètement un téton – il était dur. « Tu mouilles déjà pour moi, hein princesse ? »

Mouillée était un euphémisme – elle était trempée. « Oui, Monsieur.

- Et pourquoi es-tu dans cet état ?

- Parce que je suis votre salope, Monsieur. »

Il l'embrassa sur la tempe. « Mhmm, une bonne petite salope, oui. » Il recula et indiqua les ascenseurs d'un signe de tête. « Vas-y. J'arrive dans une minute pour baiser ton petit cul et te rappeler à qui tu appartiens. »

Alexandra plissa les yeux et fronça les sourcils, au cas où il penserait qu'elle se soumettait trop facilement. Néanmoins, elle dut se retenir de ne pas courir à travers le hall. Il avait dit qu'elle lui appartenait – et elle adorait ça.

Et elle savait qu'il le savait.

****

Parker

Il attendit environ cinq minutes avant de se diriger vers la chambre où il savait que Xandra l'attendait, suivant ses instructions à la lettre.

Il avait voulu la faire attendre plus longtemps, mais il n'était pas sûr qu'elle en soit capable. Il connaissait son caractère impatient et il ne trouvait pas cela juste de tout gâcher en la poussant au-delà de ses limites.

En outre, il était impatient de la baiser et sa bite était dure comme de la pierre alors que l'ascenseur le conduisait à l'étage. Néanmoins, il se força à marcher nonchalamment jusqu'à leur chambre au lieu de s'élancer à pleine vitesse – comme il le voulait.

Ce qu'il vit en ouvrant la porte se révéla mieux que tout ce qu'il avait pu imaginer.

Son cul parfait était nu et bien visible dans cette position alors qu'elle était penchée au-dessus du lit, portant toujours ces talons qui appelaient à la débauche. Alexandra avait également les deux mains sur les fesses, les écartant pour lui montrer son fondement lubrifié et prêt à l'emploi.

Parker était déjà en train de défaire sa ceinture avant même que la porte ne se referme.

« Tu es tellement parfaite putain, » murmura-t-il alors qu'il baissait son pantalon, révélant ainsi sa queue, raide et épaisse.

« Est-ce que tu *voulais* te teindre les cheveux ? » grogna-t-il en plongeant profondément dans sa chatte complètement inondée afin de lubrifier son engin – il n'avait même pas pris la peine de baisser son pantalon en dessous des genoux.

Cette intrusion rapide lui coupa le souffle et elle gémit : « Non, Papa. »

Il revint à la charge. « Ne fais plus jamais quelque chose de ce genre juste parce que tu as peur du regard des autres.

- Je pensais juste à toi. Je voulais que tu sois fier de moi. »

Quelque chose vibra à travers le corps de Parker.

« À qui est-ce que tu appartiens ?

- À vous, Monsieur.

- Et est-ce que je veux le cacher ?

- Non, Papa. »

Il embrassa sa colonne vertébrale et murmura : « Bonne fille » avant de se retirer et de placer sa queue devant son autre trou. « Est-ce que tu t'es touchée en m'attendant ? »

Le docteur n'attendit pas sa réponse et la pénétra sans ménagement.

Xandra gémit avant de répondre : « Non, Monsieur. Vous ne m'en aviez pas donné la permission.

- Ça c'est une bonne fille. »

Ses coups de reins gagnèrent en intensité et Parker la vit agripper les draps alors qu'elle gémit à nouveau tout en le repoussant à chaque mouvement de hanches.

Tandis que sa main se baladait et jouait avec son bouton gonflé d'excitation et de plaisir, il râla : « Je ne devrais pas te laisser jouir. C'est censé être ta punition pour que tu te rappelles à quel point tu comptes pour moi.

- Oh s'il te plaît, Papa. Je sais que je t'appartiens et que je compte à tes yeux. Je ne l'oublierai plus, c'est promis. »

Parker retira sa main, au grand désarroi d'Alexandra, et se releva pour la baiser plus vite et plus fort – le tout en grognant bruyamment. La tenant par la hanche d'une main alors qu'il la défonçait, il claqua ses fesses blanches et crémeuses avec sa main libre jusqu'à ce qu'elles deviennent roses.

Le docteur joua à nouveau avec son clitoris, le lustrant intensément afin de s'accorder avec le rythme auquel il baisait sa petite lutine.

« À qui est-ce que tu appartiens, vilaine chienne ?

- À vous, Monsieur, répondit-elle à bout de souffle.

- Est-ce que tu aimes avoir ma queue dans le cul, princesse ?

- Oui, Papa. Je l'adore.

- Est-ce que tu veux jouir sur la main de Papa ? et avec sa queue plantée en toi ?

- Oui, s'il te plaît. S'il te plaît. »

Il lui donna une énorme fessée. « Je n'ai pas bien entendu.

- Est-ce que je peux jouir, s'il vous plaît, Monsieur ?

- Jouis pour moi, princesse.

- Merci, Papa, » hurla-t-elle avant de se laisser aller à l'orgasme, haletant comme une chienne.

Elle était si belle que Parker peina à se retenir tandis que son corps tremblait en-dessous du sien. Lorsqu'il sentit enfin sa chatte se détendre après cet orgasme fulgurant, il l'agrippa par les hanches et la fourra très vite et très fort – rugissant alors qu'il délivrait sa semence au plus profond d'Alexandra.

Il laissa ensuite tomber son front sur le dos de la jeune femme tout en reprenant son souffle, embrassant tendrement son dos alors qu'il se mit à caresser ses nichons fermes et doux à travers sa robe.

« Tu comptes beaucoup pour moi, bébé. Ne te dévalorise plus jamais comme ça.

- Toi aussi tu comptes beaucoup pour moi, murmura-t-elle. Je suis désolée. Je ne savais pas si tu voulais que les gens sachent à propos de nous deux. »

Parker sortit le plug de la poche intérieure de sa veste. Il avait prévu de l'utiliser plus tard, mais ça semblait être la parfaite occasion.

Il saisit le lubrifiant sur la table de nuit, en mit sur le bout du jouet, puis l'inséra dans le cul de la jeune femme – à la place de son engin.

« Je veux que tout le monde sache que nous sommes ensemble. Maintenant, tu vas garder ma semence en toi pour le reste de la soirée, et ainsi te rappeler que tu m'appartiens – au cas où tu l'oublierais à nouveau. »

Xandra roula sur le côté, un sourire au coin de la bouche en sachant qu'il était en train d'admirer le joyau bleu en forme de cœur qui étincelait entre ses fesses. « Je suis sûre que mes cuisses ruisselantes auraient fait l'affaire. » Elle regarda à nouveau derrière elle. « Mais ça marche aussi. »

Il sourit et secoua la tête alors qu'il s'essuyait avant de se rhabiller. « Ce n'est pas une punition si tu aimes ça, petite. »

Elle se mordit la lèvre de manière très séduisante et roula sur le dos avant d'écarter les jambes pour que Parker puisse voir sa chatte scintillante.

« Et si j'aime ça ? »

Parker se retint de grogner et passa un doigt entre ses lèvres avant de le plonger en elle. « Eh bien dans ce cas, je vais probablement devoir te baiser à nouveau. »

Elle leva les hanches en guise d'invitation et murmura : « C'est le but. »

Il retira son doigt et donna une tape sur son clitoris – elle gémit doucement.

« Va te laver. Le diner sera servi d'un moment à l'autre. »

À la manière d'un chat, elle s'étira complètement avant de sortir du lit, laissant sa robe au niveau de la taille alors qu'elle se pavanait jusqu'à la salle de bain afin qu'il puisse admirer la vue.

En regardant le joyau étincelant, une pensée lui vint : il devrait lui mettre un autre bijou au doigt pour qu'elle n'ait aucun doute quant à ses sentiments.

Waouh. Qu'est-ce que je raconte là ? Je ne lui ai même pas officiellement dit que je l'aimais.

Mais il l'avait fait.

Il devait prendre du recul – chose impossible alors que ses yeux étaient rivés sur le corps parfait d'Alexandra.

« Je t'attend en bas, princesse. Ne me fais pas attendre. »

Elle le regarda et sourit. « Je vais faire vite. »

Ouais, pensa-t-il alors qu'il détournait le regard en se dirigeant vers la porte. *Je lui mets la bague au doigt à celle-là.*

Mais une partie de lui, plus pragmatique, réprimanda : *en amour, la patience a ses vertus.*

Je viens juste de coincer mon foutre dans son cul. Je suis pas vraiment du genre vertueux. Enfin, pas quand il s'agissait d'elle. Non, quand il s'agissait d'Alexandra, il était tout sauf vertueux.

Il ne voulait pas se comporter autrement – et il avait le sentiment qu'elle ne le voulait pas non plus.

ÉPILOGUE

Xandra

« Tu es vraiment agitée, bébé. Quelque chose ne va pas ? »

Elle lui lança un regard noir et lâcha : « Alors ça, je me le demande ! »

Sur le chemin conduisant à l'ascenseur, Xandra avait presque eu envie de retirer le plug que Parker lui avait inséré dans le cul. Mais c'était un acte délicieusement pervers de la part de la Personne de l'Année et il n'était pas question qu'elle agisse sans sa permission.

« Estime-toi heureuse de ne pas avoir un gode vibrant contrôlé à distance au fond de la chatte, comme quelqu'un à notre table.

- Quoi ? Qui ça ? » Mais ils venaient d'arriver à leur table. Parker plaça une main au creux de ses reins, arborant un sourire charmeur qui criait *je suis le chef du personnel*.

« Voici Steven Ericson, le directeur du service des urgences au Boston General. » L'homme splendide avait la main négligemment posée sur le dos de la chaise occupée par la femme éblouissante à ses côtés et il leur fit signe pendant que Parker continuait les présentations.

« Et Whitney Hayes, avocate chez Crawford, Holden et Crane. »

Xandra connaissait Whitney – elle était une grande défenseure de la cause animale – mais elles n'avaient jamais été présentées.

« Je suis ravie de faire votre connaissance, dit Whitney en tendant la main à la jeune femme.

- Je travaille à l'ARF et j'apprécie énormément ce que vous faites pour nous.

- Tout le plaisir est pour moi, vraiment. »

Le jeune couple semblait venir tout droit d'une publicité vantant les mérites de jeunes cadres dynamiques. Xandra avait du mal à imaginer Whitney avec un gode niché à l'intérieur d'elle.

Bien sûr, la plupart des gens seraient choqués d'apprendre qu'un joyau étincelant se trouvait entre ses fesses.

« Et voici Zach Rudolf, » continua Parker en faisant un signe de tête en direction d'un homme élégant assis à côté de Steven. « Il est également avocat et nous éviterons donc nos blagues habituelles sur leur profession ce soir.

- Merci beaucoup » répondit Zach alors que tout le monde riait poliment au bon mot de Parker.

À côté de Zach se trouvait son portrait craché – seulement avec quelques rides de plus. « Et le frère de Zach, James Rudolf. C'est un des docteurs renommés du Boston General. Et voici Olivia Lacroix, faisant également partie de nos docteurs à la réputation mondiale. »

La belle femme aux cheveux de jais était manifestement enceinte, donc Xandra doutait du fait qu'elle ait le vagin rempli par un jouet.

« Félicitations, dit-elle en regardant le ventre de la jeune femme. Êtes-vous prêts à devenir parents ? »

Olivia jeta un coup d'œil en direction de James, l'air embarrassée, et pendant un instant, Xandra eut l'horrible impression de s'être trompée. Sa mère avait raison – on ne devrait jamais parler de grossesse avant d'en être certain.

Mais à son grand soulagement, la femme au ventre gonflé tel un ballon de plage répondit : « Oh, nous ne... euh... nous travaillons ensemble mais nous ne sommes pas *vraiment* ensemble. Mais oui, je suis prête.

- Et même si j'adorerais avoir des enfants *un jour*, je ne suis pas du tout prêt au jour d'aujourd'hui, » répondit le bel homme en riant.

À côté d'Olivia était assis un autre homme séduisant, que Parker présenta comme le frère d'Olivia, le Dr. Evan Lacroix. *Mon dieu, est-ce que l'hôpital recrute ses médecins dans une agence de mannequins ?*

À ses côtés se trouvait Hope Ericson, la petite sœur de Steven.

Evan et Olivia, Hope et Steven... L'hôpital n'avait visiblement aucun problème de favoritisme.

Xandra n'était pas certaine qu'Evan et Hope soient ensemble et, cette fois, elle n'allait prendre aucun risque. Ces deux-là dégageaient néanmoins une aura un peu spéciale. Il était possible que Hope se soit livrée à ce petit jeu.

« Et tu connais Liam, conclut Parker.

- Je vous présente Utah Douglas, dit Liam en se tournant vers la bombe assise à côté de lui.

- Ah, vous devez être la sœur de Dakota, dit Xandra. Vous vous ressemblez comme deux gouttes d'eau. »

Elle pouvait imaginer Dakota être assez aventureuse pour ce genre de jeux sexuels – peut-être que sa sœur l'était également. Liam avait tout de même l'air coincé.

Laquelle de ces femmes cachait donc un gode comme si de rien n'était ? Xandra était dévorée par le suspense.

Parker la regarda, des étoiles dans les yeux, et s'adressa au reste de la table.

« Tout le monde, voici ma petite-amie, Xandra Collins. »

Les conversations reprirent alors qu'ils s'installèrent et Xandra se pencha contre le docteur pour murmurer : « Tu ne m'as pas présentée comme Alexandra. Tu m'appelles toujours par mon prénom. »

Il posa la main sur le dos de sa chaise et approcha son oreille. « Alexandra a une mèche bleue. »

Elle fit la grimace. « Mais j'aime quand tu m'appelles Alexandra. Mes cheveux ne devraient pas avoir d'importance. »

Il lui prit la main sous la table. « Très bien, bébé. »

Les deux amants échangèrent quelques plaisanteries avec le reste des convives, puis il se pencha et grogna au creux de son oreille : « Pour information, j'aime quand tu m'appelles Papa. »

Elle se tortilla sur sa chaise à cause du plug, un petit rappel qu'elle lui appartenait – ce qu'il avait voulu lorsqu'il le lui avait introduit dans le cul.

Xandra posa la main contre son oreille – il était évident pour le reste de la table qu'elle lui confiait un secret. « Pour information, je t'aime, Papa. »

Elle lui sourit, satisfaite, puis remua sur sa chaise sous le regard lascif de Parker. Elle ne s'attendait pas du tout à ce qu'il se lève brusquement et la prenne par la main.

« Veuillez nous excuser pour une minute, » annonça-t-il à la table avant de la conduire hors de la salle de bal dans l'alcôve la plus proche – isolée du reste.

Il la coinça entre le mur et son corps musclé tout en passant le dos de ses doigts le long de sa joue et en la regardant dans les yeux.

« Je t'aime aussi, princesse. »

Il enveloppa sa bouche avec la sienne, comme affamé, et Xandra comprit qu'elle devrait se remaquiller avant de revenir à table – et elle s'en fichait pas mal.

Il interrompit leur baiser et posa son front contre le sien alors qu'il reprenait son souffle.

« Mais tu sais que je vais devoir te punir pour l'avoir dit en premier. »

Elle se tint sur la pointe des pieds et l'embrassa.

« C'est le but. »

****

Merci d'avoir lu cette histoire ! Les aventures de Steven seront bientôt disponibles dans *Docteur et Méchamment Canon*!

Inscrivez-vous à ma newsletter pour recevoir en avant-première des scènes bonus, des couvertures, des aperçus et bien plus encore !
https://www.subscribepage.com/tesssummersfranaise newsletter

DOCTEUR ET MECHAMMENT CANON

Le Dr. Steven Ericson ne s'était jamais douté qu'une contravention allait changer sa vie du tout au tout ; mais c'est exactement ce qui se passe le jour où il se rend au centre-ville afin de payer une amende qu'il avait oubliée après être resté garé trop longtemps.

En tant que directeur du service des urgences au Boston General, il n'a pas de temps à consacrer aux histoires d'amour – ou du moins, il n'a jamais rencontré une femme qui lui donne envie de prendre ce temps.

Tout cela change lorsqu'il rencontre Whitney Hayes. L'avocate montée sur ressorts et ses beaux talons hauts l'encouragent à réfléchir à leur relation autrement que comme un banal coup d'un soir. Imaginez sa surprise quand il découvre qu'elle aussi ne s'intéresse pas à l'amour – pas pour les cinq prochaines années.

Mais ça, Steven n'en a rien à faire. Les plans de la jeune femme ont besoin de deux ou trois changements et il est plus que prêt à apporter papier et encre afin d'écrire le nouveau chapitre de leur histoire.

Bientôt disponible!

Wicked Hot Silver Fox

PRESCRIPTION MECHAMMENT CANON

La vengeance n'a jamais eu aussi bon goût que sur la peau de Hope Ericson.

Coucher avec la femme de son plus grand rival était une opportunité que le Dr. Evan ne pouvait refuser.

Sauf qu'en réalité, elle n'était pas sa femme – mais sa sœur.

Quelle ironie. La revanche en était d'autant plus douce. Malheureusement, lorsque Hope se rendit compte de ses machinations, elle n'apprécia guère de n'être qu'un pion sur son échiquier et la belle coléreuse inversa la vapeur.

Evan n'avait rien vu venir.

Et il devait maintenant décider ce qui était le plus important pour lui : l'amour ou la vengeance.

Ce livre ne raconte pas l'histoire de deux ennemis devenus amoureux, mais l'histoire de deux ennemis tirant avantage de leur situation – jusqu'à que la ligne entre rivalité et amour ne devienne floue.

Bientôt disponible!

MERCI A VOUS

Je vous remercie d'avoir lu *Mûr et Méchamment Canon* ! Je suis fière que cette histoire ait été incluse dans l'anthologie Dirty Daddies 2021 et je suis ravie de l'avoir partagée avec vous.

Je m'amuse beaucoup en écrivant cette série ! J'ai commencé à réfléchir aux aventures de Steven et Hope dès mon premier ouvrage : *Operation Sex Kitten*. J'ai vraiment l'impression de ne jamais écrire aussi vite que je le voudrais ! Si vous avez apprécié le livre (et même dans le cas contraire), pourriez-vous me laisser un commentaire sur Amazon et/ou Goodreads (et Bookhub, si ce n'est pas trop contraignant) ? Croyez-le ou non, mais votre commentaire aide à ce que d'autres lecteurs s'intéressent à mon livre, ce qui me permet de continuer à proposer de nouvelles histoires à mon public.

N'oubliez pas de vous inscrire à ma newsletter pour recevoir du contenu gratuit en avant-première et avoir accès à des couvertures, des concours, des extraits et bien plus encore !

https://www.subscribepage.com/tesssummersfranaise newsletter

Bisous,

Tess

REMERCIEMENTS

M. Summers : Tu es ma personne préférée de tous les temps.

Sylvain Mark : Merci pour toute l'attention et le travail que vous avez consacrés à ce livre. Je vous remercie d'avoir rendu *Mûr et Méchamment Canon* accessible aux lecteurs francophones.

Elle Debeauvais : Merci pour le fantastique travail de relecture et de correction que vous avez fourni sur ce livre et pour toute l'aide que vous m'avez apportée dans mon apprentissage du français.

Kevin R. Davis : Je suis très honorée de vous avoir sur la couverture. Vous êtes la définition même d'un homme mûr et canon.

Golden Czermak avec FuriosFotog : Je vous remercie pour cette si belle photo. Mes mots ne suffisent pas à décrire l'étendue de votre talent.

OliviaProDesigns : Merci pour une nouvelle couverture resplendissante. Je l'adore.

Alyssa Faye et Truly Trendy PR : Je vous remercie de l'aide que vous m'apporter toutes les semaines.

Renee Rose et Misty Malloy : Être votre amie fait de moi une meilleure personne. Merci. Je vous aime mesdames.

Tous les membres du groupe Facebook Tess Summers' Playhouse : Dès que j'ai besoin de me remonter le moral, je n'ai qu'à me connecter et échanger avec vous. Vous êtes les meilleurs.

À mes lecteurs : Votre soutien me touche et m'impressionne énormément, je tiens donc à vous remercier du fond du cœur de me permettre de continuer à vous partager mes histoires.

À PROPOS DE L'AUTEURE

Tess Summers est une ancienne femme d'affaires et professeure qui a toujours aimé l'écriture mais qui n'avait jamais le temps de s'asseoir et de se plonger dans la rédaction d'une nouvelle, et encore moins d'un roman. Luttant désormais contre la sclérose en plaques, sa vie a subi des changements drastiques, et elle a enfin le temps d'écrire toutes les histoires qu'elle avait voulu partager avec le reste du monde – y compris celles avec une touche d'humour et de sensualité !

Mariée depuis plus de vingt-six ans et mère de trois enfants désormais adultes, Tess jouait le rôle de famille d'accueil pour chiens mais elle finit par échouer et les adopta. Elle et son mari (et leurs trois chiens) passent le plus clair de leur temps entre le désert d'Arizona et les lacs du Michigan ; elle vit donc toujours dans un climat ni trop chaud ni trop froid, mais juste comme il faut !

CONTACTEZ-MOI !

Inscrivez-vous à ma newsletter :
https://www.subscribepage.com/tesssummersfranaisenews
letter

Email : TessSummersAuthor@yahoo.com

Visitez mon site web : www.TessSummersAuthor.com

Facebook : http://facebook.com/TessSummersAuthor

TikTok : https://www.tiktok.com/@tesssummersauthor

Instagram : https://www.instagram.com/tesssummers/

BookBub : https://www.bookbub.com/profile/tess-summers

Goodreads : https://www.goodreads.com/TessSummers

Twitter : http://twitter.com/@mmmTess

www.ingramcontent.com/pod-product-compliance
Lightning Source LLC
Chambersburg PA
CBHW070311120726
47910CB00007B/2439